L'ÉTRANGÈRE

MERCÈ RODOREDA

LA PLACE DU DIAMANT

ROMAN

TRADUIT DU CATALAN
PAR BERNARD LESFARGUES
AVEC LA COLLABORATION
DE PIERRE VERDAGUER

L'ÉTRANGÈRE
GALLIMARD

Titre original :

LA PLAÇA DEL DIAMANT

Mercè Rodoreda est née à Barcelone en 1909. Son premier roman, *Aloma*, paraît en 1938 et obtient le prix Creixells. Après la guerre d'Espagne et la défaite de la République, elle se réfugie en France, puis à Genève. Outre *La place du Diamant* qui lui assure une renommée internationale, elle a publié *Vint-i-dos contes* (prix Català 1957), *El carrer de les camelies* (prix San Jordi 1967 et Ramon Llull 1969), *Jardi vora el mar* (1967) et *La meva Cristina i altres contes* (prix de Critique 1967). En 1980, on lui attribue le prix d'Honneur des Lettres catalanes. Mercè Rodoreda meurt trois ans plus tard à Gérone en Catalogne.

Lorsque, en 1962, Mme Mercè Rodoreda publia La Plaça del Diamant, *rares étaient les Catalans de la nouvelle génération qui pouvaient la connaître. Elle avait pourtant joui d'une renommée assez précoce. Née à Barcelone en 1909, tôt lancée dans le journalisme, elle collaborait sous la République aux meilleures feuilles de la Généralité. Mais ce sont surtout ses romans qui, à partir de 1932, lui valurent à la fois une audience enviable et l'estime des milieux littéraires. Son grand succès fut, en 1938,* Aloma, *roman qui obtint le prix Creixells, la distinction la plus prestigieuse des lettres catalanes à cette époque-là. « De mes livres d'avant la guerre, dit Mercé Rodoreda, c'est le seul que je reconnaisse, et encore avec de très nombreuses corrections, et peut-être une demi-douzaine de contes. Quand j'ai publié mes premiers livres j'étais très jeune et très innocente. J'avais fabuleusement envie d'écrire... et pas grand-chose d'autre*[1]*. »*

Les Républicains perdirent la guerre et Mercè Rodoreda, comme tant d'autres, dut quitter Barcelone pour Paris. La victoire allemande l'en chassa. Elle vécut alors

1. Ces déclarations de l'auteur, de même que celles qu'on trouvera un peu plus loin, sont empruntées à une interview accordée à Baltasar Porcel : « Mercè Rodoreda o la força lírica », ***Serra d'Or,*** **mars 1966.**

à Limoges, à Bordeaux, puis retourna à Paris après la Libération. « Je sortais d'un de ces voyages au bout de la nuit, pendant lesquels l'acte d'écrire apparaît comme une occupation épouvantablement frivole... La guerre achevée, j'ai écrit un conte pour une revue catalane qui paraissait au Mexique. C'était comme si je n'avais jamais écrit. J'ai fait les autres contes sans savoir où j'allais, par entêtement, par une espèce de fidélité à la vocation de mon adolescence. » Ces contes, publiés beaucoup plus tard (1958) sous le simple titre de Vint-i-dos contes, *obtiendront le prix Victor Català.*

Mais Mercè Rodoreda n'a pas encore terminé sa traversée du désert. « Je n'aurais pas pu écrire de roman, m'eût-on rouée de coups. Je pouvais coudre — j'en vivais —, faire tout le travail de la maison, n'importe quoi, sauf écrire. Cela a duré quatre ans. » En 1954 Mercè Rodoreda s'installe à Genève, s'adonne quelque temps à la peinture, puis lentement émerge de son marasme, trouve « un peu par hasard, dit-elle, les conditions nécessaires » à un retour définitif à ce qui, de toute évidence, avait toujours été sa vocation profonde. Et c'est La Place du Diamant. *Le roman sort en 1962 et connaît le succès : sept éditions à ce jour. Le fait vaut d'être signalé car chacun sait bien ce que sont les conditions précaires dans lesquelles vivent les lettres catalanes. Ce n'est pas qu'aujourd'hui, en 1970, on ne puisse pas publier avec quelque liberté — une liberté qui a été durement acquise, conquise plus exactement, au fil des ans, à partir de 1945 — mais l'imposition de la langue officielle, l'interdiction de publier des journaux en langue catalane, la rareté des revues, la quasi-impossibilité d'accéder à la radio et à la télévision, toutes ces absurdités auxquelles une culture doit se soumettre font que les livres se vendent Dieu sait comment. Et pourtant, il s'en vend !*

Certes, les critiques qui ont pu disposer d'une colonne dans un organe de presse, en castillan, ou dans un modeste bulletin, en catalan, ont été unanimes pour faire l'éloge de La Place du Diamant. *Au cours d'une enquête menée par* Serra d'Or *(sept. 1964), quatorze des dix-neuf critiques interrogés estimaient que ce roman est le meilleur qui ait été écrit en catalan entre 1939 et 1963. Mais les spécialistes de la chose littéraire ne faisaient qu'emboîter le pas aux lecteurs. « Le vrai prix, c'est le public qui le donne », disait Santiago Rusiñol.*

S'il l'a donné, c'est parce qu'il s'est reconnu dans Natàlia, alias Colemeta (de colom, *pigeon), une femme du menu peuple du quartier barcelonais de Gràcia. Elle dit sa vie : le travail, le mariage, les enfants, les maisons où elle fait le ménage, les pigeons que le mari élève, la faim pendant la guerre, le désespoir, le remariage avec l'épicier du coin... rien que des choses, même les plus tragiques, d'une apparente banalité. Chacun peut les avoir vécues, chacun peut avoir côtoyé l'héroïne, et tous entendent son savoureux langage si nourri de ces expressions idiomatiques ou de ces créations à l'emporte-pièce qui sont la vraie poésie du prolétaire.*

Mais les lecteurs de La Place du Diamant *auront été sensibles au plus haut point à cette évocation de l'histoire — IIe République, guerre civile, les années noires qui suivent la victoire du franquisme —, une évocation en filigrane, à travers la* sanctissima simplicitas *d'une femme qui visiblement n'entend rien à ce qui se passe dans la rue et qui nous en donne sa vision ingénue. Ou plutôt nous en fait percevoir le retentissement sur sa vie et celle des siens. C'est un témoignage poignant, criant de vérité. Mais certains des thèmes qui structurent le livre et créent tout un jeu de rythmes et de subtiles correspondances — ne serait-ce pas un montage par plus d'un point comparable à celui du* Lazarillo de Tormes *? — s'élèvent à la valeur de symboles et font que ce roman qu'on dirait à première vue tout bonnement réaliste échappe vite à cette classification superficielle. Il débou-*

che sur les zones profondes de la conscience du lecteur et s'y réélabore en mythe. Qu'on pense à la maison transformée en pigeonnier, où la beauté des envols cédera bientôt la place à la puanteur des œufs couvis : espoirs de tout un peuple se dégradant au point de n'être plus que rêve, nostalgie de quelque chose qui n'a même jamais pris corps : « Les pigeons étaient dans une tour... si on la regardait d'un peu loin, on aurait dit une colonne toute couverte de pigeons... mais il y avait eu la guerre, une bombe était tombée dessus et tout avait été détruit. »

La construction même de l'ensemble de l'œuvre se prête à une interprétation sur ce plan. J. M. Batllori écrit : « Le premier mari, un ébéniste lancé dans l'action politico-sociale, possède toutes les virtualités des années dynamiques de la République et de la guerre ; le second, un petit commerçant de quartier, conservateur et sans envergure, celles de l'après-guerre. Au milieu, la grande crise : la tentative de suicide ; à la fin, la dramatique explosion de toute la douleur contenue. L'œuvre, à certain moment, parvient à un vrai ton épique[1]*. »*

L'affirmation que contient cette dernière phrase sera peut-être contestée. Il n'en reste pas moins que les Catalans ont senti le destin de la modeste Natàlia lié à celui de leur collectivité nationale, et qu'en un sens il pouvait la symboliser. C'est pourquoi ce long monologue intérieur est beaucoup plus qu'un simple document réaliste retravaillé par un auteur intelligent : s'en tenir à cette vision serait aussi inconvenant que de n'y apprécier que des trouvailles de style. La maîtrise du langage, l'adéquation de celui-ci au dessein de l'auteur, en fait un remarquable instrument d'analyse et un puissant créateur de vérité.

L'œuvre de Mercè Rodoreda s'est enrichie, postérieu-

1. Prologue à *La meva Cristina i altres contes*, Edicions 62, 1967, Barcelone.

rement à la publication de La Place du Diamant, *de plusieurs ouvrages. En 1966, un roman,* El carrer de les Camèlies *(Rue des Camélias), prix Sant Jordi. Un autre roman,* Jardí vora el mar *(Jardin au bord de la mer) en 1967. La même année a vu la publication d'un recueil de contes :* La meva Cristina i altres contes *(Ma Christine et autres contes). Enfin, 1969 a été marqué par la réédition* d'Aloma, *complètement remanié. Je ne m'étendrai pas sur ces œuvres. Je me contente d'affirmer qu'elles témoignent toutes au plus haut point des dons de Mercè Rodoreda et je souhaite que les lecteurs français aient bientôt l'occasion d'en être juges.*

Bernard Lesfargues

A J. P.

My dear, these things are life.

MEREDITH.

I

Julieta est venue exprès à la pâtisserie pour me dire qu'avant la tombola pour le bouquet, il y en aurait une pour des cafetières ; elle les avait vues : très chic, blanches avec, dessus, une orange coupée en deux et montrant ses pépins. Moi, je n'avais pas envie d'aller danser, ni même de sortir, j'avais vendu des bonbons toute la journée et les bouts des doigts me faisaient mal à force de serrer des rubans et de faire des nœuds et des boucles. Et puis je connaissais Julieta : la nuit, elle n'en était pas à trois heures près et il lui était égal de dormir ou pas. Mais elle m'a entraînée malgré moi, j'étais ainsi faite que je ne savais pas dire non aux gens. J'étais en blanc de la tête aux pieds : la robe et le jupon amidonné, les souliers comme du lait, les boucles d'oreille en porcelaine blanche, un triple bracelet assorti aux boucles d'oreille et un porte-monnaie blanc, en toile cirée d'après Julieta, avec le fermoir en forme de coquille dorée.

Quand on est arrivées sur la place l'orchestre jouait déjà. Au-dessus de nos têtes il y avait des fleurs et des guirlandes de papier de toutes les couleurs : une guirlande de papier, une guirlande de fleurs, et ainsi de suite. Il y avait des fleurs avec une ampoule dedans et le plafond ressemblait à un parapluie retourné parce que le bout des guirlandes était fixé plus haut que le milieu, là où elles se croisaient toutes. Le ruban élastique de mon jupon, que j'avais eu du mal à faire passer avec une aiguille à tricoter qui ne voulait pas passer, tenait par un petit bouton et une ganse, et me serrait. J'avais sûrement une marque rouge à la taille. De temps en temps je respirais profondément, pour élargir la ceinture, mais je n'avais pas plus tôt relâché l'air que de nouveau je souffrais le martyre. L'estrade des musiciens était entourée d'asparagus qui formait une balustrade et l'asparagus était garni de fleurs en papier fixées avec un fil de fer très fin. Et les musiciens en sueur, manches retroussées. Ma mère étant morte depuis longtemps, il n'y avait pas de conseils à en attendre, et mon père s'était remarié. Mon père s'était remarié et moi je n'avais plus ma mère, qui n'avait vécu que pour moi. Mon père était remarié et moi j'étais là, toute jeune et toute seule, place du Diamant, à attendre la tombola pour les cafetières, et Julieta qui criait pour couvrir la musique, t'assois pas tu vas te froisser ! Devant mes yeux, les ampoules habillées de fleurs et de guirlandes collées à la colle de pâte et les gens contents, et pendant que j'étais là, le nez en l'air, une voix m'a dit à l'oreille on danse ?

Tout à trac j'ai répondu que je ne savais pas et je me suis retournée pour voir. J'étais en face d'un visage, si près que je ne pouvais pas bien voir comment il était, mais c'était le visage d'un garçon. Ça ne fait rien, m'a-t-il dit, moi je sais et je vous apprendrai. J'ai pensé à ce pauvre Pere qui à cette heure-là était enfermé dans le sous-sol de l'hôtel Colon en train de faire la cuisine avec son tablier blanc et j'ai dit bêtement :

— Et si mon fiancé l'apprend ?

Le garçon s'est encore rapproché de moi et m'a dit en riant si jeune et déjà fiancée ? Et quand il a ri ses lèvres se sont fendues et j'ai vu toutes ses dents. Il avait de petits yeux de singe et portait une chemise blanche à raies bleues, toute trempée sous les bras et le col déboutonné. Et tout à coup il m'a tourné le dos, s'est dressé sur la pointe des pieds, a regardé d'un côté et d'autre, s'est retourné vers moi et m'a dit excusez-moi, et il s'est mis à crier : hé !... Vous avez pas vu ma veste ? Elle était près des musiciens ! Sur une chaise ! Hé !... Et il m'a dit qu'on lui avait fauché sa veste et qu'il revenait tout de suite, si je voulais bien l'attendre. Il s'est mis à crier : Cintet !... Cintet !

Julieta, en jaune canari brodé de vert, est sortie de je ne sais où et m'a dit cache-moi que je quitte mes souliers... j'en peux plus... Je lui ai dit que je ne pouvais pas bouger, un jeune homme qui cherchait sa veste et qui tenait absolument à danser avec moi m'avait dit de l'attendre. Julieta a dit dansez, dansez... Il faisait chaud. Les gamins lançaient des tas de pétards au coin des rues. Par terre il y avait des graines de pastèque et dans les coins des peaux de pastèque et des bouteilles de bière vides et sur les terrasses on lançait aussi des pétards. Et sur les balcons. On voyait des visages luisants de sueur et des jeunes gens qui s'épongeaient avec leur mouchoir. Les musiciens contents et en avant la musique. C'était comme un décor. Et le paso doble. Je me suis retrouvée en train de danser et, lointaine tellement elle était près, j'ai entendu la voix de ce jeune homme qui me disait vous voyez bien que vous savez ! Il sentait fort la transpiration et l'eau de Cologne éventée. Ses yeux de singe près des miens et de chaque côté du visage les lobes des oreilles. La ceinture élastique enfoncée dans ma taille et ma mère était morte et ne pouvait plus me conseiller, parce que j'ai dit à mon cavalier que mon fiancé était cuisinier à l'hôtel Colon et il a ri et il m'a dit qu'il le plaignait beaucoup parce que dans un an je serais sa femme et sa reine. Et que nous danserions le bouquet place du Diamant.

Ma reine, il a dit.

Et il a dit qu'il m'avait dit que dans un an je serais sa femme et que je ne l'avais même pas regardé, je l'ai regardé et alors il m'a dit me regardez pas comme ça ou je tombe dans les pommes, et je lui ai dit qu'il avait des yeux de singe et qu'est-ce qu'on a ri. L'élastique dans ma taille on aurait dit un couteau et les musiciens tarari ! tarari ! Pas trace de Julieta. Disparue. Et ces yeux devant moi qui ne me quittaient pas, comme s'il n'y avait rien eu d'autre au monde que ces yeux et qu'il n'y ait pas eu moyen de leur échapper. Et la nuit s'avançait avec son chariot d'étoiles, la fête aussi, et le bouquet et la fille au bouquet, toute en bleu, qui tournait... Ma mère au cimetière de Sant Gervasi et moi place du Diamant... Vous vendez des friandises ? Du miel et de la confiture ?... Et les musiciens fatigués remettaient les instruments dans leur étui et les sortaient à nouveau parce que quelqu'un payait une valse supplémentaire, et tout le monde comme des toupies. Après la valse les gens ont commencé à partir. J'ai dit que j'avais perdu Julieta et le jeune homme m'a dit que, lui, il avait perdu Cintet, et quand on sera tout à fait seuls, que les gens seront rentrés chez eux et que les rues seront désertes, on tournera une valse sur la pointe des pieds, place du Diamant... tourne, tourne... Colometa. Je l'ai regardé d'un air fâché et je lui ai dit que je m'appelais Natàlia. Quand je lui ai dit que je m'appelais Natàlia il a éclaté de rire et il a dit que je ne pouvais avoir qu'un nom : Colometa. Alors je me suis enfuie en courant et il a couru après moi en criant n'ayez pas peur... vous voyez bien que vous ne pouvez pas rester toute seule dans les rues, qu'on vous enlèverait ?... et il m'a prise par le bras et m'a arrêtée, vous voyez bien qu'on vous enlèverait, Colometa ? Et ma mère qui était morte et moi plantée là comme une vraie niguedouille et le ruban élastique qui me sciait la ceinture, qui me sectionnait, comme si j'avais été attachée à une tige d'asparagus avec du fil de fer.

Je me suis remise à courir. Et lui derrière moi. Les magasins avec le rideau de fer baissé et les vitrines pleines d'objets immobiles, encriers, buvards, cartes postales, poupées, vêtements étalés, pots d'aluminium, tricots... Et on a débouché dans la Grand-Rue, moi devant, lui derrière, et tous les deux courant, et des années après il le racontait encore, Colometa, le jour où je l'ai connue place du Diamant, elle a pris la course et juste devant l'arrêt du tram, patatras ! le jupon par terre.

La ganse s'est cassée et le jupon est tombé. J'ai sauté par-dessus, j'ai failli m'y prendre un pied et je me suis mise à courir comme si j'avais été poursuivie par tous les diables de l'enfer. Je suis arrivée à la maison et, dans le noir, je me suis jetée sur mon lit, mon lit de jeune fille, en cuivre, comme une pierre. J'avais honte. Quand j'en ai eu assez d'avoir honte, j'ai enlevé mes souliers d'un coup et j'ai défait mes cheveux. Et Quimet, des années après, le racontait encore comme si c'était une chose qui venait de se produire, l'élastique s'est cassé et elle courait comme le vent...

II

Ç'a été assez mystérieux. J'avais mis ma robe couleur bois de rose, un peu trop légère pour la saison, et j'avais la chair de poule en attendant Quimet à ce coin de rue. Après avoir fait le pied de grue un bon moment, j'ai eu l'impression qu'on m'observait de derrière une persienne. Les lames, d'un côté, avaient bougé un peu. On avait convenu, Quimet et moi, de se retrouver près du parc Güell. Un enfant est sorti d'une maison, un revolver à la ceinture et un fusil en joue, et il m'a frôlée en passant, il criait mééqui... mééqui...

On a baissé les lames de la persienne, la fenêtre s'est ouverte complètement et un jeune homme en pyjama a fait pst... pst... avec les lèvres et d'un doigt recourbé m'a fait signe d'approcher. Pour m'en assurer j'ai pointé un doigt vers ma poitrine et, en le regardant, j'ai dit moi ? tout bas. Sans m'entendre il a compris et a fait oui de la tête, il l'avait très jolie, j'ai traversé la rue et me suis approchée. Quand j'ai été sous la fenêtre, le jeune homme m'a dit entre, on va faire une petite sieste.

Je suis passée par toutes les couleurs et je suis partie furieuse, surtout contre moi-même, et toute gênée car je sentais le regard du jeune homme dans mon dos et j'avais l'impression qu'il me déshabillait. Je me suis placée de sorte qu'il ne me voie pas mais j'avais peur que, étant à moitié cachée, Quimet ne me voie pas lui non plus. Je me demandais ce qui allait se passer, c'était la première fois qu'on se rencontrait dans un parc. Le matin j'avais fait bêtise sur bêtise en pensant à l'après-midi parce que l'inquiétude me paralysait. Quimet m'avait donné rendez-vous à trois heures et demie et n'est arrivé qu'à quatre heures et demie ; mais je n'ai rien dit, j'ai pensé que j'avais peut-être mal compris, que c'était moi qui m'étais trompée, d'ailleurs il n'a pas dit le moindre mot d'excuse... Je n'ai même pas osé lui dire que j'avais mal aux pieds à force de rester debout, je portais des souliers vernis, très chauds, ni qu'un jeune homme s'était permis des libertés. On a commencé à monter la rue sans rien dire et quand on est arrivés en haut le froid m'a passé et ma peau est redevenue lisse. Je voulais lui expliquer que j'avais rompu avec Pere, que c'était réglé. On s'est assis sur un banc de pierre, dans un coin perdu, entre deux arbres aux feuilles fines, avec un merle qui arrivait par en bas, allait d'un arbre à l'autre en poussant un petit cri, un peu rauque, puis on restait un moment sans le voir et, quand on ne pensait plus à lui, il réapparaissait et recommençait son manège. Sans le regarder, du coin de l'œil, je voyais Quimet qui regardait les maisons, petites et lointaines. A la fin, il m'a dit il ne te fait pas peur. cet oiseau ?

Je lui ai dit qu'il me plaisait beaucoup et il m'a dit que les oiseaux noirs, même les merles, sa mère lui avait toujours dit qu'ils portaient malheur. Depuis le jour de la place du Diamant, chaque fois qu'on s'était revus, la première chose que Quimet me demandait, la tête et le corps en avant, c'était si j'avais rompu avec Pere. Et ce jour-là il ne me demandait rien et je ne savais comment m'y prendre pour lui dire que j'avais dit à Pere que nous deux, c'était impossible. Et je m'en voulais de le lui avoir dit, parce que Pere était resté comme une allumette sur laquelle on souffle aussitôt après l'avoir allumée. Quand je pensais que j'avais rompu avec Pere, je sentais la peine au-dedans de moi et cette peine me faisait comprendre que j'avais commis une mauvaise action. Pas de doute : parce que moi, qui avais toujours été, en dedans, très naturelle, quand je pensais à la mine de Pere, je sentais ma peine très profondément, comme si au milieu de la paix passée s'était ouverte une porte qui libérait un nid de scorpions, et que les scorpions sortaient et se vautraient dans ma peine, pour la rendre aiguë, et se répandaient dans mon sang pour le noircir. Parce que Pere, la voix étranglée et les pupilles des yeux voilées et tremblantes, m'a dit que j'avais brisé sa vie. Que je l'avais transformé en un petit tas de boue de rien du tout. Et c'est en regardant le merle que Quimet s'est mis à parler de Gaudí, son père l'avait connu le jour où un tram l'avait écrasé, son père était de ceux qui l'avaient conduit à l'hôpital, ce pauvre monsieur Gaudí, un si brave homme, tu vois un peu cette mort misérable... Et qu'il n'y avait rien au monde comme le parc Güell et comme la Sagrada Familia et la Pedrera. Je lui ai dit que, tout compte fait, il y avait trop d'ondulations et trop de pointes. Il m'a donné, du tranchant de la main, un coup au genou et ma jambe s'est levée toute seule et il m'a dit que si je voulais devenir sa femme je devais commencer par trouver bien tout ce que lui trouvait bien. Il m'a fait un grand sermon sur l'homme et sur la femme, sur les droits de l'un et de l'autre, et quand j'ai pu le couper je lui ai demandé :

— Et si quelque chose ne me plaît pas du tout ?

— Elle doit te plaire quand même, parce que tu n'y connais rien.

Et le voilà reparti : un sermon particulièrement long. Il a été question de beaucoup de membres de sa famille, de ses parents, d'un oncle qui avait une petit chapelle et un prie-dieu, de ses grands-parents et des deux mères des Rois Catholiques qui, disait-il, avaient montré le bon chemin.

Alors, mais d'abord je n'ai pas tout à fait compris, parce qu'il l'a mêlé à d'autres choses qu'il disait, il a dit pauvre Maria... Et de nouveau les mères des Rois Catholiques et que peut-être on pourrait bientôt se marier parce qu'il avait deux amis qui lui cherchaient un logement. Et qu'il me ferait des meubles si beaux que rien que de les voir ça me renverserait, c'était pas pour rien qu'il était ébéniste et que c'était comme s'il était saint Joseph et moi la Sainte Vierge.

Il était tout content en disant cela, et moi je me demandais ce qu'il avait bien voulu dire avec son pauvre Maria... Et je m'assoupissais comme s'assoupissait la lumière. Le merle n'en finissait pas de sortir par en bas pour voler d'un arbre à l'autre avant de recommencer et on aurait dit qu'il y avait toute une légion de merles qui s'adonnaient au même manège.

— Je ferai une armoire pour nous deux, en deux parties, en bois de peuplier. Et quand l'appartement sera meublé je ferai le berceau pour le petit.

Il m'a dit qu'il aimait les enfants et qu'il ne les aimait pas. Que ça dépendait de la lune. Le soleil se couchait et du côté opposé l'ombre devenait bleue et bizarre à regarder. Quimet parlait des bois, l'un était comme ci, l'autre comme ça, et le jacaranda, et l'acajou, et le chêne, et l'yeuse... C'est alors, je m'en suis toujours souvenue et je m'en souviendrai toujours, qu'il m'a embrassée et quand il a commencé à m'embrasser j'ai vu Notre-Seigneur tout en haut dans sa maison, dans un nuage enflé avec une bordure couleur mandarine qui se décolorait peu à peu d'un côté, et Notre-Seigneur a ouvert tout grands les bras, il les avait très longs, et il a attrapé les bords du nuage et les a refermés comme s'il s'enfermait dans une armoire.

— Aujourd'hui on n'aurait pas dû venir.

Le premier baiser a été suivi d'un autre et tout le ciel s'est couvert. Je voyais le nuage qui s'enfuyait lentement, d'autres nuages plus minces sont venus et ils se sont tous mis à suivre le gros. Quimet avait un goût de café au lait. Et il a crié on ferme déjà !...

— Comment le sais-tu ?

— Tu n'as pas entendu le coup de sifflet ?

On s'est levés, le merle s'est enfui effrayé, l'air faisait voleter ma jupe... on est descendus par les petits chemins. Sur un banc de briques émaillées il y avait une petite fille qui mettait ses doigts dans son nez et ensuite suivait du doigt le contour d'une étoile à huit branches qu'il y avait sur le dossier du banc. Elle portait une robe de la même couleur que la mienne et je l'ai fait remarquer à Quimet. Il ne m'a pas répondu. Quand on est arrivés dehors je lui ai dit regarde, il y a encore des gens qui entrent... et il m'a dit t'en fais pas, on les chassera bientôt. On descendait les rues et au moment où j'allais lui dire tu sais, j'ai rompu avec Pere, il s'est arrêté net, s'est mis devant moi, m'a prise par les bras et m'a dit, en me regardant comme si j'étais une personne de mauvaise vie, pauvre Maria...

J'ai été sur le point de lui dire de ne pas se gêner, de me confier ce qu'il y avait entre lui et cette Maria... Mais je n'ai pas osé. Il a lâché mes bras, s'est replacé à côté de moi et on a repris notre marche jusqu'à la Diagonal-Passeig de Gràcia. On s'est mis à tourner autour d'un pâté de maisons, et moi je n'en pouvais plus avec mes pieds. Au bout d'une demi-heure il s'est de nouveau arrêté, il m'a encore pris par les bras, on était sous un réverbère, et quand je m'attendais à ce qu'il me dise de nouveau pauvre Maria et que je retenais ma respiration, il m'a dit rageusement :

— Si on n'avait pas filé en vitesse, je me demande ce qui serait arrivé, là-haut, avec le merle et tout le reste !...

Mais ne t'y fie pas, le jour où je pourrai t'attraper je t'estropie !

On a tourné autour des maisons jusqu'à huit heures, sans se dire un seul mot, comme si on avait été muets de naissance. Quand je me suis retrouvée seule j'ai regardé le ciel, il était tout noir. Et je ne sais pas... tout ça, c'était bien mystérieux.

III

Je l'ai trouvé qui m'attendait au coin de la rue un jour où il ne devait pas venir me chercher.

— Je ne veux plus que tu travailles chez ce pâtissier ! J'ai su qu'il poursuivait les vendeuses de ses assiduités.

Je me suis mise à trembler et je lui ai dit de ne pas crier, que je ne pouvais quitter la maison comme ça, n'importe comment, comme une mal élevée, que le pauvre homme ne m'avait jamais dit un mot de trop, que j'aimais bien vendre de la confiserie et puis, s'il m'obligeait à partir, qu'est-ce que... Il m'a dit que l'hiver, une fois, en fin d'après-midi, quand il faisait déjà noir, il était venu me voir travailler. Et que pendant que j'accompagnais une cliente à la vitrine de droite pour l'aider à choisir une boîte de crottes en chocolat, le pâtissier me suivait des yeux en reluquant mon derrière. Je lui ai dit qu'il allait trop loin et qu'il valait mieux qu'on laisse tomber s'il n'avait pas confiance en moi.

— J'ai confiance, mais je ne veux pas que le pâtissier en profite.

— Tu es complètement fou, je lui ai dit ; c'est un homme qui ne pense qu'à ses affaires. Tu saisis ?

Je me suis tellement fâchée que j'en avais les joues en feu. Il m'a attrapée par le cou et m'a secoué la tête. Je lui ai dit qu'il pouvait s'en aller, sinon j'appelais un agent. On est resté trois semaines sans se voir et quand je commençais à regretter d'avoir dit à Pere que tout était fini entre nous, parce que Pere, au fond, était un brave garçon qui ne m'avait jamais fait d'ennuis, très travailleur et seulement un peu trop entiché de son métier, il est reparu, tranquille comme Baptiste, et la première chose qu'il m'a dite, les mains dans les poches, ç'a été voilà, pour toi j'ai envoyé paître cette pauvre Maria...

On allait par la Rambla del Prat, vers la Grand-Rue. Il s'est arrêté devant une épicerie où il y avait tout plein de sacs sur le seuil, il a plongé la main dans un sac de vesces et il a dit ce qu'elles sont jolies, ces vesces... et on est repartis. Il avait gardé quelques vesces et au moment où j'étais le plus distraite il me les a glissées dans le cou, par derrière. Il m'a arrêtée devant la vitrine d'un magasin de confection, tu vois, quand on sera mariés, tu t'achèteras des tabliers comme ceux-là. Je lui ai dit qu'ils faisaient hospice et il a dit qu'ils étaient comme ceux que portait sa mère et je lui ai dit que ça m'était bien égal, que je n'en voulais pas parce qu'ils faisaient trop hospice.

Il a dit qu'il me présenterait à sa mère, qu'il lui avait déjà parlé de moi et qu'elle avait très envie de voir la tête que faisait la fiancée que son fils avait choisie. On y est allés un dimanche. Elle vivait seule. Quimet avait pris pension pour ne pas lui donner du travail et il disait qu'ainsi ils étaient bons amis ; ensemble, ils ne s'entendaient pas. Sa mère habitait une maisonnette dans le quartier des journalistes, et de la galerie on voyait la mer et le brouillard qui parfois la couvrait. C'était une dame toute menue qui sortait de chez la coiffeuse, les cheveux très ondulés. Sa maison était pleine de rubans. Quimet m'avait prévenue. Sur le crucifix, au chevet du lit, un ruban. Le lit était en acajou noir avec deux matelas et une courtepointe crème à roses rouges, le pourtour froncé garni d'un liséré rouge. A la clé de la table de nuit, un ruban. A la clé de chacun des tiroirs de la commode, un autre ruban. Et un ruban encore à la clé de chacune des portes.

— Vous aimez beaucoup les rubans, je lui ai dit.

— Sans rubans une maison n'est pas une maison.

Elle m'a demandé si j'aimais vendre les gâteaux et je lui ai répondu oui madame, beaucoup, et surtout lisser les bouts de bolduc avec les pointes des ciseaux, et que j'attendais avec impatience les jours de fête pour faire beaucoup de paquets et entendre le ri-rac du tiroir-caisse et la clochette de la porte.

— En voilà un enfantillage, a-t-elle dit.

Au milieu de l'après-midi Quimet m'a donné un coup de coude qui voulait dire partons. Quand on était déjà sur le seuil sa mère m'a demandé si j'aimais aussi faire le ménage.

— Oui, madame, beaucoup.

— C'est très bien.

Alors elle nous a dit d'attendre, elle est rentée un instant et est ressortie avec un chapelet aux grains noirs qu'elle m'a offert. Quimet, quand on a été assez loin, m'a dit que j'avais fait sa conquête.

— Qu'est-ce qu'elle t'a dit quand vous étiez seules dans la cuisine ?

— Que tu étais un brave garçon.

— Je m'en doutais.

Il l'a dit en regardant par terre et en flanquant un coup de pied dans un caillou. Je lui ai dit que je ne saurais que faire du chapelet. Il m'a dit de le mettre dans un tiroir, que ça pouvait servir un jour, qu'il ne fallait rien jeter.

— Il servira peut-être à notre fille, si on en a une...

Et il m'a pincé le bras. Pendant que je me frottais parce qu'il m'avait vraiment fait mal, il m'a demandé si je me souvenais de je ne sais plus quoi et il a dit que bientôt il s'achèterait une moto, que ça ferait très bien notre affaire parce que quand on serait mariés on parcourrait tout le pays, lui devant et moi derrière. Il m'a demandé si j'étais déjà montée à l'arrière d'une moto avec un garçon et je lui ai dit que non, jamais, que ça me semblait très dangereux, et il a été ravi et il a dit allons donc...

On est entrés au *Monumental* prendre l'apéritif et manger des poulpes frits. Là il a trouvé Cintet, et Cintet, qui avait de gros yeux, des yeux de vache, et la bouche un peu tordue, a dit qu'il y avait un appartement rue Montseny, d'un prix assez intéressant mais mal entretenu parce que le propriétaire ne voulait pas se casser la tête : les réparations seraient à la charge du locataire. C'était un appartement sous la terrasse. Ça nous a beaucoup plu, surtout lorsque Cintet nous a dit que la terrasse serait toute à nous. Elle serait à nous parce que les voisins du dessous avaient une véranda et ceux du premier, par un long escalier suspendu, pouvaient se rendre dans un petit jardin avec bassin et poulailler. Quimet a été emballé et a dit à Cintet qu'il fallait l'avoir coûte que coûte, et Cintet a dit qu'il irait le lendemain avec Mateu et nous a dit d'y aller aussi. Tous ensemble. Quimet lui a demandé s'il connaissait une moto d'occasion, un oncle de Cintet avait un garage et Cintet travaillait chez cet oncle, il lui a dit qu'il s'en occuperait. Ils discutaient comme si je n'avais pas été là. Ma mère ne m'avait jamais parlé des hommes. Mon père et elle ont passé des années à se disputer et des années sans s'adresser la parole. Ils passaient les dimanches après-midi assis dans la salle à manger sans rien se dire. Quand ma mère est morte, cette manière de vivre avec la bouche cousue s'est encore renforcée. Et quand, après quelques années, mon père s'est remarié, il n'y avait plus rien chez moi où je puisse m'accrocher. Je vivais comme vivent les chats, je suppose : de-ci de-là, la queue levée et après la queue entre les pattes, à présent c'est l'heure de manger, à présent c'est celle d'aller au lit. A cette différence près qu'un chat n'a pas besoin de travailler pour vivre. A la maison on vivait sans un mot et les choses que je sentais en dedans me faisaient peur parce que je ne savais pas si elles étaient à moi...

Quand on s'est dit au revoir, Quimet et moi, à l'arrêt du tram, j'ai entendu que Cintet lui disait je sais pas où tu l'as dénichée, si jolie... Et j'ai entendu le rire de Quimet, ha, ha, ha.

J'ai rangé le chapelet dans la table de nuit avant de me pencher pour voir le jardin de dessous. Le fils du voisin, qui faisait son service militaire, prenait le frais. J'ai fait une boulette de papier, je la lui ai lancée et je me suis cachée.

IV

— Je trouve que tu as raison de te marier jeune. Tu as besoin d'un mari et d'un toit.

Mme Enriqueta, marchande de châtaignes et de patates douces au coin du *Smart* en hiver et de cacahuètes et de souchets dans les vogues en été, me donnait toujours de bons conseils. Assise devant moi, toutes les deux devant la porte-fenêtre donnant sur la galerie, elle remontait ses manches de temps en temps ; pendant qu'elle les remontait, elle se taisait, ensuite elle se remettait à causer. Elle était grande, avec une bouche de baudroie et un nez en forme de cornet. Eté comme hiver elle mettait des bas blancs et des souliers noirs. Elle était très soignée. Et elle aimait beaucoup le café. Elle avait un tableau, accroché avec une ficelle jaune et rouge, qui représentait un tas de langoustes à tête d'homme avec des chevelures de femme, portant des couronnes d'or; les langoustes sortaient d'un puits, tout autour l'herbe était brûlée, et la mer au fond et le ciel par-dessus étaient couleur sang de bœuf et les langoustes portaient des cuirasses de fer et tuaient à coups de queue... Dehors, il pleuvait. Il tombait une pluie fine sur toutes les terrasses, sur toutes les rues, sur tous les jardins, sur la mer même, comme s'il n'y avait pas assez d'eau, et peut-être aussi sur les montagnes. C'était le début de l'après-midi et on n'y voyait presque pas. Des gouttes pendaient aux fils de fer des séchoirs et jouaient à s'attraper, des fois il y en avait une qui tombait et avant de tomber elle s'allongeait, s'allongeait, on voit bien qu'il lui en coûtait de se décrocher. Ça faisait huit jours qu'il pleuvait ; une petite pluie, ni trop forte ni trop fine, et les nuages en étaient si gonflés qu'ils traînaient leur gros ventre sur les toits. Nous, on regardait la pluie.

— Je trouve que Quimet te convient mieux que Pere. Il a un métier plus indépendant que Pere qui a un patron ; Quimet est plus malin, plus débrouillard.

— Mais des fois il soupire tristement et dit pauvre Maria...

— Mais c'est avec toi qu'il se marie, non ?

J'avais les pieds glacés parce que mes souliers étaient mouillés, et j'avais la tête brûlante. Je lui ai dit que Quimet voulait s'acheter une moto et elle m'a dit que ça se voyait bien que c'était un garçon moderne. C'est Mme Enriqueta qui m'a accompagnée quand je suis allée faire des achats pour mon trousseau et quand je lui ai dit que peut-être on prendrait un appartement près de chez elle, elle a été très contente.

L'appartement était à l'abandon. La cuisine puait le cafard, j'y ai trouvé un nid d'œufs allongés couleur caramel, et Quimet m'a dit cherche, tu en trouveras d'autres. Le papier de la salle à manger avait des raies qui faisaient des ronds. Quimet a dit qu'il voulait un papier vert pomme, et un papier crème pour la chambre du petit, avec une bordure de clowns. Et une cuisine neuve. Il a demandé à Cintet d'avertir Mateu qu'il voulait le voir. Le dimanche après-midi on est tous allés à l'appartement. Mateu s'est tout de suite mis à démolir la cuisine et un manœuvre qui avait les pantalons tout rapiécés emportait les plâtres et les chargeait dans un chariot qu'on avait laissé dans la rue. Mais le manœuvre salissait l'escalier et la voisine du premier est sortie lui dire de ne pas s'en aller sans avoir balayé, qu'elle ne tenait pas à glisser et à se casser une jambe. Quimet, de temps en temps, disait peut-être qu'on nous vole le chariot... Cintet et moi, on s'est mis à mouiller les murs de la salle à manger, et avec un racloir on raclait le papier. Au bout d'un moment on s'est aperçus que Quimet n'était plus là. Cintet a dit que lorsque Quimet n'avait pas envie de faire quelque chose il se taillait en douce. Je suis allée boire de l'eau à la cuisine et Mateu avait le dos de la chemise trempé, sa figure brillait de transpiration et il frappait sans arrêt avec un marteau sur le burin. Je me suis remise à racler le papier. Cintet m'a dit que Quimet, à son retour, ferait l'innocent, et qu'il reviendrait tard, il en était sûr. Le papier était dur à détacher et sous le premier il y en avait un autre, puis un autre. Cinq. Il faisait nuit noire et on se lavait les mains lorsque Quimet est revenu et il a dit que pendant qu'il aidait le manœuvre à charger le chariot un client était passé par là... Cintet a dit et le temps a passé, bien sûr... Quimet, sans le regarder, a dit qu'il y avait plus de travail qu'il n'aurait cru, mais qu'on s'en sortirait. Au moment où on allait descendre l'escalier, Mateu a dit qu'on me ferait une cuisine digne de celle d'une reine. Et alors Quimet a voulu monter sur la terrasse. Il y avait de l'air et on voyait beaucoup de terrasses mais le balcon du premier nous cachait la rue. Puis on est partis. Entre notre palier et celui du premier le mur était enduit de plâtre : dessus, des noms et des bonshommes. Et au milieu des noms et des bonshommes il y avait une balance très bien dessinée, en traits profonds, comme si on les avait tracés au poinçon. Un des plateaux penchait un peu plus que l'autre. J'ai suivi du doigt le contour d'un des plateaux. On est allé prendre l'apéritif et on a mangé des petits poulpes. Dans le courant de la semaine on s'est encore disputés, Quimet et moi, à cause de ses opinions sur le pâtissier. Il criait :

— Si je le vois encore une fois regarder ton derrière comme ça, j'entre et il va m'entendre.

Il a disparu pendant deux ou trois jours et, quand il est revenu, je lui ai demandé si ça lui avait passé. Il s'est dressé sur ses ergots et il m'a dit qu'il était venu me demander des explications, il m'avait vue me promener avec Pere. Je lui ai dit qu'il avait dû me prendre pour une autre. Il a dit que c'était bien moi. Je lui ai juré que ce n'était pas vrai et lui, il jurait le contraire. D'abord je me suis défendue sans élever la voix, mais comme il ne me croyait pas je me suis mise à crier et, quand il a vu ça, il a dit que toutes les filles étaient folles et ne valaient pas chipette et je lui ai demandé où c'était qu'il m'avait vue avec Pere.

— Dans la rue.

— Dans quelle rue ?

— Dans la rue.

— Dans quelle rue ? Allez, dis-le !

Il est parti à grandes enjambées. Je n'ai pas pu en dormir de la nuit. Le lendemain il est revenu et m'a dit que je devais lui promettre de ne plus sortir avec Pere. Pour en finir une bonne fois et ne plus entendre cette voix qui n'était plus la sienne quand il était en colère, je lui ai dit que j'obéirais et que je ne sortirais plus avec Pere. Au lieu d'être content il est devenu fou furieux, m'a dit qu'il en avait jusque-là de mes mensonges, qu'il m'avait tendu un piège et que j'étais tombée dedans comme un rat, et il m'a fait demander pardon pour m'être promenée avec Pere et lui avoir dit le contraire et il a fini par arriver à me faire croire que j'étais réellement sortie avec lui. Il m'a ordonné de me mettre à genoux.

— Dans la rue ?

— Mets-toi à genoux en pensée.

Et il m'a obligée à lui demander pardon à genoux en pensée pour être sortie avec Pere que, pauvre de moi, je n'avais plus revu depuis notre rupture. Le dimanche je suis allée gratter le papier. Quimet n'est venu qu'à la fin parce qu'il avait dû travailler à un meuble pressé. Mateu avait presque terminé la cuisine. Encore un après-midi et ça y serait. Toute en carreaux blancs jusqu'à la hauteur des bras. Et le dessus du fourneau en carreaux rouges brillants. Mateu a dit que toutes les briques provenaient du chantier. Il a dit que c'était son cadeau de mariage. Quimet et lui se sont embrassés et Cintet, avec ses yeux de vache immobiles, se frottait les mains. On est allés tous ensemble prendre l'apéritif et manger des petits poulpes. Cintet a dit que s'il nous fallait des alliances il connaissait un bijoutier qui nous les céderait à un bon prix. Mais Mateu a dit qu'il en connaissait un qui nous les céderait à moitié prix.

— Je ne sais pas comment tu fais, lui a dit Quimet.

Mateu, blond et les yeux bleus, riait tout content et nous regardait lentement, tantôt l'un, tantôt l'autre.

— Tope là !

V

La veille du dimanche des Rameaux, mon père m'a demandé quand nous nous marierions. Il allait vers la salle à manger, devant moi, les talons de ses souliers étaient très usés sur le bord. Je lui ai dit que nous ne savions pas... dès que l'appartement serait prêt.

— Il y a beaucoup à faire ?

Je lui ai dit que c'était difficile à dire, que tout dépendait du temps qu'on y consacrerait. Que sur les murs il y avait au moins cinq couches de papier et que Quimet voulait qu'il ne reste rien, il aimait les choses bien faites, pour la vie.

— Invite-le à déjeuner dimanche.

Je l'ai dit à Quimet et il s'est fâché tout rouge.

— Je suis allé lui demander ta main et il l'a pris de haut, il m'a dit que j'étais le troisième et qu'il espérait bien que je serais le dernier, tout ça pour m'appâter. Et maintenant il m'invite ? Dès qu'on sera mariés...

On est allés à la bénédiction des Rameaux. Dans la rue il y avait des garçons avec des palmes blanches et des filles avec des palmes vertes, des garçons avec des crécelles et des filles qui en avaient aussi, et d'autres, au lieu de crécelles, portaient des massues de bois et tuaient des juifs contre les murs, par terre, sur une tôle ou un vieux seau, partout. Quand on est arrivés à l'église des

Josepets, tout le monde criait. Mateu venait avec nous en portant sa fille, une fille jolie comme une fleur, et il la portait comme si ç'avait été une vraie fleur. Elle était toute blonde, avec des anglaises, et ses yeux étaient bleus comme ceux de Mateu, mais c'était une fillette qui ne riait pas. Elle tenait une palme, avec l'aide de Mateu, toute chargée de cerises confites. Un papa portait un garçon qui tenait un petit rameau orné d'un ruban en soie bleue et d'une étoile de perles. Les deux papas, poussés par la foule, s'étaient rapprochés et le garçonnet s'était mis à arracher les cerises du rameau de la petite de Mateu. Quand on s'en est aperçu, la moitié d'un côté était déjà pelée.

On est allé déjeuner chez la mère de Quimet : elle avait des tas de petits bouquets de buis sur la table, attachés avec un ruban rouge. Et de petites palmes, attachées avec un ruban bleu ciel. Elle a dit que tous les ans elle faisait ça, pour se mettre bien avec ses amies. Moi, elle m'a donné un rameau à ruban rouge parce que je lui ai dit que j'avais déjà une palme bénite. Une dame est entrée, elle venait du jardin, la mère de Quimet me l'a présentée ; c'était une voisine qu'elle avait recueillie parce qu'elle s'était disputée avec son mari.

Au moment du repas, on avait déjà commencé à manger, Quimet a demandé le sel. Sa mère a vite levé la tête et dit qu'elle salait toujours comme il faut. Quimet lui a dit aujourd'hui c'est fade. La voisine a dit qu'elle ne le trouvait ni fade ni salé : juste ce qu'il fallait. Quimet a dit que fade, ça pouvait pas l'être plus. Sa mère s'est levée, toute raide, est allée à la cuisine et est revenue avec une salière qui représentait un lapin et le sel lui sortait par les oreilles. Elle a posé la salière sur la table et a dit, très sèchement, voilà le sel. Et Quimet, au lieu d'ajouter du sel, a demandé si on était tous en sel depuis que cette dame qui n'avait pas voulu croire son mari s'était retournée alors que ce qu'elle avait de mieux à faire, c'était de filer droit. Sa mère lui a dit de se taire et de manger, mais il a demandé à la voisine s'il avait raison oui ou non de dire que cette dame n'aurait pas dû se retourner et la voisine, tout en continuant à mâcher et à avaler, tout ça très poliment, a dit qu'elle ne comprenait pas.

Quimet a alors dit au diable et après avoir dit au diable il s'est tu, puis il s'est tourné vers sa mère et tout en prenant du sel de la salière-lapin il lui a dit tiens, tu vois ? pas un grain de sel. Elle a passé sa matinée à nouer des rubans, résultat : pas un grain de sel. J'ai pris la défense de la mère de Quimet et j'ai dit que si, qu'elle avait salé le plat. La voisine a dit que, elle, les mets trop salés la fatiguaient et Quimet a dit qu'il comprenait fort bien, que si sa mère n'avait pas mis de sel c'était pour lui faire plaisir à elle, mais une chose était de préparer le déjeuner au goût de madame la voisine et autre chose de vouloir faire croire à son fils qu'elle avait mis du sel. Et il continuait à prendre du sel, sa mère a fait le signe de la croix, et Quimet, quand ce qu'il avait dans son assiette a été bien salé, a posé la salière sur la table et s'est mis à parler à nouveau du sel. Que tout le monde savait que le diable... Sa mère lui a dit de cesser de nous tanner, mais il a fait celui qui n'entendait pas, et que si le diable avait fait les diabétiques tout en sucre, c'était uniquement pour embêter les gens. Tout le monde est salé, à preuve la sueur, les larmes... et il m'a dit lèche ta main et tu verras quel gout ça a. Et de nouveau le diable, si bien que la voisine lui a demandé voyons voir s'il était un petit garçon pour croire encore au diable, mais Quimet est encore revenu à la charge et sa mère lui a dit tais-toi. Il n'avait pas encore commencé à manger que nous on avait presque fini et c'est alors qu'il a dit que le diable était l'ombre de Dieu et que lui aussi il était partout, dans les plantes, dans les montagnes, dehors, dans la rue, dans les maisons, sous la terre et dessus, qu'il était déguisé en grosse mouche, une mouche toute noire, avec des reflets bleus et rouges et que, lorsqu'il n'était qu'une grosse mouche, il s'empiffrait d'ordures et de charogne sur les tas de fumier. Puis il a repoussé son assiette et dit qu'il n'avait pas faim et qu'il ne mangerait que du dessert.

Le dimanche suivant il est venu manger à la maison et il a offert un cigare à mon père. Moi, j'avais apporté un bras de vénus à la crème. Pendant tout le repas, Quimet a parlé des différents bois et de leur résistance. Pendant qu'on prenait le café il m'a demandé si je voulais partir tôt ou si je préférais partir tard et je lui ai dit que cela m'était égal. Mais ma belle-mère a dit qu'il valait mieux que les jeunes aillent s'amuser et à trois heures on était déjà dans la rue avec un soleil qui vous écrasait. On est allés à l'appartement gratter la tapisserie. Cintet y était déjà, il avait apporté deux rouleaux et les regardait avec Mateu, il a dit qu'il connaissait un tapissier qui ferait le travail à prix d'ami si Quimet lui remplaçait les pieds de sa table, des pieds tout vermoulus, et même qu'il y en avait un à moitié décollé parce que les enfants, lorsqu'ils restaient seuls à la maison, secouaient exprès la table pour augmenter le jeu des pieds. Quimet a dit d'accord.

Quand la salle à manger a été tapissée il est sorti une tache du côté droit. On a appelé le garçon qui avait placé la tapisserie et il a dit que ce n'était pas sa faute, que la tache devait être sortie après. Que c'était un défaut du mur, que quelque chose avait dû se crever en dedans. Quimet lui a dit que cette tache devait y être déjà et qu'il aurait dû prévenir que c'était humide. Mateu a dit qu'il fallait aller voir chez les voisins : peut-être qu'ils avaient l'évier de ce côté et alors, s'il y avait une fuite, on était perdus. Ils sont allés tous les trois chez les voisins, qui les ont mal reçus, si on avait une tache eux ils en avaient pas, et ils ont donné l'adresse de leur propriétaire. Le propriétaire a dit qu'il enverrait quelqu'un examiner la tache, mais personne n'est venu, et à la fin c'est lui qui est venu en personne, il a regardé la tache et a dit que c'était un défaut que nous devions payer nous ou notre propriétaire, car nous l'avions fait en cognant.

Quimet a dit qu'on n'avait pas cogné. Le propriétaire a dit que c'étaient les coups qu'on avaient donnés en faisant la cuisine et qu'il s'en lavait les mains. Quimet est monté sur ses grands chevaux. Mateu a dit que s'il fallait faire une réparation le mieux serait de partager les frais. Mais le propriétaire voisin ne voulait rien entendre, allez voir le vôtre, de propriétaire, disait-il.

— Si la tache vient de chez vous, qu'est-ce que vous voulez qu'on aille faire chez notre propriétaire ? Et le propriétaire voisin disait que si la tache venait de chez lui, il pouvait démontrer que chez lui il n'y avait rien qui puisse faire sortir des taches. Le propriétaire est parti et tout le monde râlait. Et tout ça, toutes ces allées et venues, toutes ces discussions et ces colères pour des prunes, pour quelque chose qui n'en valait pas la peine, on a mis le buffet devant et ç'a été réglé.

Tous les dimanches ont allait au *Monumental* prendre l'apéritif et manger des petits poulpes. Un jour un homme qui portait une chemise jaune s'est approché de nous pour nous vendre des cartes postales d'une artiste qui avait été la reine de Paris dans le temps. Il a dit qu'il était son représentant, que cette artiste, qui avait été aimée de princes et de rois, vivotait seule en vendant ses souvenirs. Quimet l'a expédié d'un cri. Quand on est sortis il a dit que je pouvais rentrer à la maison parce qu'il avait rendez-vous avec un monsieur qui voulait lui faire restaurer trois chambres. J'ai fait un petit tour du côté de la Grand-Rue en léchant les vitrines. Surtout la vitrine des poupées du magasin des toiles cirées. Quelques benêts ont commencé à me dire des choses pour m'embêter et un qui faisait très gitan s'est approché plus que les autres et m'a dit vous êtes bonne. Comme si j'étais une assiette de soupe. Tout ça ne m'amusait pas beaucoup. C'est vrai, pourtant, mon père me disait toujours que j'étais du genre exigeant... Mais c'est que je ne savais pas très bien pourquoi j'étais au monde.

VI

Il m'a dit qu'il me présenterait au Père Joan. Et pendant qu'on y allait il m'a dit, tout de go, qu'on paierait le loyer de l'appartement la moitié chacun. Comme des amis. A la maison, ç'a été la cause de disputes, ma belle-mère prélevait ma pension sur mon salaire et mon père gardait le reste. A la fin mon père a dit oui, que je paie la moitié du loyer. Mais cette question de loyer, c'est quand on est allé voir le curé que Quimet m'en a parlé.

Le Père Joan semblait fait en aile de mouche : je veux dire ses vêtements. De cette sorte de couleur noire fanée. Il nous a reçus comme un saint. Quimet lui a dit pour moi le mariage, c'est un moment, moins ça coûte et mieux c'est, et si ça peut s'expédier en cinq minutes au lieu de dix, encore mieux. Le Père Joan, qui connaissait Quimet depuis l'enfance, a posé ses mains ouvertes sur ses genoux, s'est penché en avant et, les yeux voilés, on voit bien que chez lui c'était là que les années s'étaient portées, il a dit ne crois pas cela. Le mariage c'est pour la vie et il faut y accorder de l'importance. Tu te changes le dimanche, n'est-ce pas ? Eh bien le mariage, au commencement, c'est comme un grand dimanche, il y faut de la cérémonie. Si nous ne donnions de l'importance à rien ce serait comme si encore nous n'étions pas civilisés... Tu tiens à être civilisé, je pense... Quimet l'écoutait tête basse, et quand il allait répondre le Père Joan l'a fait taire d'un signe de la main.

— Je vous marierai et je crois qu'il vaut mieux vous marier avec calme. Je sais que la jeunesse est pressée et qu'elle veut vivre, vivre vite... mais la vie, pour qu'elle soit vraiment la vie, doit être vécue peu à peu... Ta fiancée, j'en suis sûr, préférera avoir une robe de mariée pour que tout le monde en la voyant sache qu'elle se marie, au lieu de porter une robe quelconque, même si elle est neuve... Les jeunes filles sont ainsi. Dans tous les mariages que j'ai faits... dans tous les bons mariages que j'ai faits, la mariée était habillée en mariée.

Quand on est sortis Quimet m'a dit je le respecte beaucoup, c'est un brave homme.

Tout ce que j'ai emporté de chez moi c'est le lit de cuivre, la seule chose qui m'appartenait. Cintet nous a offert le lustre de la salle à manger, en fer forgé avec une frange de soie couleur fraise, qui était suspendu au plafond par trois chaînes en fer réunies par une fleur en fer à trois pétales. Je me suis mariée en long, en robe de mariée. Quimet avait un costume sombre. L'apprenti et la famille de Cintet sont venus au mariage : trois sœurs et deux frères déjà mariés qui sont venus avec leurs épouses. Mon père lui aussi est venu pour me conduire à l'autel ; et la mère de Quimet, avec une robe en soie noire qui crissait de partout quand elle bougeait. Et Julieta, qui portait une robe en tricot couleur cendre avec un nœud rose. Tous ensemble on faisait un beau cortège. La femme de Mateu, qui s'appelait Griselda, au dernier moment n'a pas pu venir parce qu'elle était souffrante ; Mateu a dit que ça lui arrivait souvent et qu'il fallait l'excuser. Tout ça a été très long et le Père Joan a fait un très joli sermon ; il a parlé d'Adam et d'Eve, de la pomme et du serpent, il a dit que la femme avait été tirée d'une côte de l'homme et qu'Adam l'avait trouvée endormie à ses côtés sans que Notre-Seigneur l'ait préparé à cette surprise. Il nous a expliqué comment était le paradis : avec des ruisseaux et des prés à l'herbe courte et aux fleurs couleur bleu ciel et Eve, en se réveillant, la première chose qu'elle a faite ç'a été de cueillir une fleur bleue et de souffler dessus en faisant s'envoler les pétales et Adam l'avait grondée, parce qu'elle avait fait du mal à une fleur. Car Adam, qui est le père de tous les hommes, ne voulait que le bien. Et tout ça s'est terminé avec l'épée de feu... En queue de poisson, a dit Mme Enriqueta qui était derrière moi, et je me suis demandée ce que dirait le Père Joan s'il voyait un jour le tableau aux langoustes, avec leur tête barbouillée, qui tuaient avec des coups de queue... Tout le monde a dit que le sermon était des plus réussis que le Père Joan ait jamais faits, et l'apprenti a dit à la mère de Quimet que le Père Joan, quand sa sœur s'était mariée, avait aussi parlé du paradis et de nos premiers parents, de l'Ange et de l'épée de feu... tout pareil ; il n'y avait que les fleurs qui changeaient, pour le mariage de sa sœur il avait dit qu'elles étaient jaunes, et aussi l'eau des ruisseaux, qui était bleue le matin et rose l'après-midi.

On est allés à la sacristie pour signer et ensuite les voitures nous ont conduits à Montjuïc où la promenade a ouvert les appétits. Après la promenade, pendant que les invités prenaient l'apéritif, Quimet et moi on est allés chez le photographe. On nous a fait un portrait où Quimet est debout et moi assise, et un autre où il est assis et moi debout. Et d'autres où on est assis tous les deux en se tournant le dos à demi et d'autres où on se regarde, pour qu'on n'ait pas l'air d'être toujours fâchés, a dit le photographe. Un encore, où on est tous les deux de côté et debout, moi avec une main posée sur une tablette à trois pieds bas et qui branlait ; un enfin où on est assis tous deux sur un banc à côté d'un arbre en tulle et en papier. Quand on est arrivés au *Monumental* nos invités ont dit qu'ils en avaient assez d'attendre et on leur a dit que le photographe avait fait des photographies artistiques et que ça demandait du temps. Le fait est qu'il ne restait plus ni olives ni anchois et Quimet a dit qu'il s'en fichait et qu'on pouvait se mettre à table, mais qu'il tenait à leur dire que c'étaient une bande de malappris. Et pendant tout le repas il a rabâché à Cintet : les olives par-ci, les olives par-là. Mateu, lui, ne disait rien, simplement de temps en temps il me regardait et riait. Et il m'a dit, par derrière la chaise de mon père, ils sont marrants. On a très bien mangé et après le repas on a passé des disques et tout le monde a dansé. Mon père m'a fait danser. D'abord je dansais avec le voile, mais ensuite, pour être mieux, je l'ai enlevé et l'ai donné à Mme Enriqueta. En dansant, je tenais le bas de ma robe parce que j'avais peur qu'on marche dessus. Mateu m'a fait valser ; il dansait bien et dans ses bras je me sentais légère comme une plume, comme si toute ma vie je n'avais fait que valser, c'était vraiment un bon cavalier. J'avais les joues qui brûlaient. J'ai dansé avec l'apprenti, qui ne savait pas trop, et Quimet se moquait de lui, mais l'apprenti faisait de son mieux et ne l'écoutait pas. Au milieu du bal, quatre messieurs qui mangeaient dans le salon à côté sont entrés et nous ont demandé la permission de se joindre à nous. Tous étaient vieux, dans la quarantaine. Après ces quatre, il en est venu deux autres. En tout une demi-douzaine. Ils ont dit qu'ils fêtaient une appendicite du plus jeune, qui avait un fil à l'oreille, parce qu'il était un peu sourd et que l'opération avait bien réussi, comme on pouvait le constater. Ils avaient su qu'à côté de leur salon il y avait un bal de mariage et voyons si on leur permettait de se joindre à nous parce qu'ils avaient besoin de jeunesse et de joie. Tous ces messieurs m'ont félicitée et m'ont demandé qui était le marié et ils lui ont offert des cigares et ils ont tous dansé avec moi. Ça riait de tous les côtés. Quand le garçon qui servait les liqueurs a vu que les messieurs qui fêtaient l'opération s'étaient joints à nous, il a demandé si on lui permettrait de faire une danse avec la mariée, c'était une habitude à lui et ça lui portait bonheur. Il a dit que, si ça ne nous ennuyait pas, il inscrirait mon nom sur un carnet où il y avait les noms de toutes celles avec qui il avait dansé ; il a inscrit mon nom et nous a montré le carnet, il y avait sept pages couvertes de noms. Il était comme une asperge, avec les joues plutôt creuses et une seule dent. Ses cheveux étaient coiffés tous du même côté pour couvrir la partie chauve de sa tête. Il disait qu'il avait envie de danser une valse et Quimet a mis un paso doble endiablé. Le garçon et moi, on filait comme des flèches d'un bout à l'autre de la salle, et tout le monde était très content, mais au beau milieu du paso doble Quimet a dit qu'il voulait le terminer avec moi, parce qu'on s'était connus en dansant un paso doble, le garçon m'a remise à Quimet, puis il s'est passé la main sur le crâne pour arranger son rideau de cheveux, ce qui n'a fait que d'achever de les déranger et ils partaient dans tous les sens. Les messieurs de l'opération se tenaient debout, près de la porte, tous en noir, un œillet blanc à la boutonnière, en dansant je les voyais par à-coups, on les aurait dits d'une autre planète. Tout en dansant Quimet me disait qu'on avait voulu le ridiculiser, qu'il ne manquait plus que le Père Joan et son sermon, et la danse s'est terminée. Tout le monde applaudissait, j'avais le souffle coupé et mon cœur battait vite, mon cœur où naissait cette joie qui me sortait par les yeux. Quand tout a été fini, j'aurais aimé être encore à la veille pour pouvoir recommencer, tellement c'était joli...

VII

Il y avait déjà deux mois et sept jours qu'on était mariés. La mère de Quimet nous avait offert le matelas et Mme Enriqueta le dessus-de-lit, ancien, avec en relief des fleurs au crochet. La toile de matelas était bleue, avec un dessin de plumes brillantes et frisées. Le lit était en bois clair. A la tête et au pied, il y avait des rangées de colonnettes faites de boules superposées. Sous le lit, une personne aurait pu s'y tenir l'aise. J'en ai fait personnellement l'expérience le jour où j'ai étrenné la robe châtain à col crème, une robe que j'avais faite moi-même. La jupe était toute plissée et elle fermait par-devant avec des petits boutons dorés. Après le dîner, sans rien dire afin de lui en faire la surprise, pendant que Quimet dessinait un meuble sous le lustre qui posait un cercle clair sur la table, je suis allée mettre ma robe neuve et après je suis retournée à la salle à manger. Sans lever la tête de son dessin Quimet m'a demandé :

— Qu'est-ce que tu faisais, que je ne t'entendais pas ?

Il m'a regardée, l'ombre de l'abat-jour couleur fraise couvrait la moitié de son visage et, plusieurs jours auparavant, il avait dit il faudra remonter ce lustre, ça donnera plus de clarté. Je me tenais debout devant lui et il me regardait sans rien dire, il est resté comme ça un bon moment, je ne pouvais plus y tenir et il me regardait toujours. Ses yeux, dans l'ombre, étaient encore plus petits et plus enfoncés et, quand je n'en pouvais plus, il s'est dressé comme un jet d'eau, les bras levés et les mains ouvertes comme si la peau entre ses doigts allait se déchirer et il s'est précipité sur moi en faisant, ouououou... ouououou... Je me suis échappée vers le couloir, Quimet à mes trousses, ouououou, ouououou... Je suis entrée dans la chambre et il m'y a suivie, il m'a fait tomber, m'a flanquée sous le lit en me poussant par les pieds et il a sauté sur le lit. Quand j'essayais de sortir il me tapait sur la tête, t'es punie, il criait. Et de quelque côté que j'essaie de sortir c'était pareil, pan ! la main sur la tête, t'es punie ! Cette plaisanterie, par la suite, c'est plus d'une fois qu'il me l'a faite.

Un jour j'ai vu des tasses à chocolat très jolies et j'en ai acheté six : toutes blanches, pas trop fines. Quimet, dès qu'il les a vues, s'est mis en colère, qu'est-ce qu'on en a à foutre de ces tasses à chocolat ?

Cintet est arrivé juste à ce moment et sans prendre le temps de nous demander comment ça va il nous a expliqué que Mateu avait un ami qui connaissait un monsieur de la rue Bertran et que ce monsieur voulait restaurer tous ses meubles. Il te demande d'y aller demain à une heure. La maison a trois étages. Tu pourras te remonter un peu après les frais du mariage, ce monsieur est pressé et ce travail te donnera des heures supplémentaires. Quimet a noté l'adresse puis il a ouvert le buffet de la cuisine, tu vois à quoi on perd son temps... Ni elle ni moi n'aimons le chocolat. Il faut vraiment avoir envie de peigner la girafe... Cintet a pris une des tasses en riant, a fait semblant de boire et l'a remise en place, à côté des autres. Il a été bien entendu, une fois pour toutes, que je n'aimais pas le chocolat.

Avec ce qu'il a gagné en arrangeant les meubles du monsieur de la rue Bertran, il a acheté une moto d'occason. Il a acheté la moto d'un homme qui s'était tué dans un accident et dont on n'avait trouvé le cadavre que le lendemain. Avec la moto on courait les routes à fond de train en affolant les poules dans les villages et en effrayant les gens.

— Accroche-toi bien, on va battre des records.

Où je m'en voyais le plus, c'était dans les tournants ; on se couchait presque par terre et, à la ligne droite, on se redressait, tu t'en serais doutée, quand on s'est connus, qu'un jour je te ferais avaler des kilomètres ? Aux tournants j'avais le visage qui gelait, qui devenait comme du carton, mes yeux pleuraient tout seuls et la joue contre le dos de Quimet, tout le long du chemin je pensais que je ne reverrais plus la maison.

— Aujourd'hui on va faire le littoral.

On a déjeuné à Badalona et on est pas allés plus loin parce qu'on s'était levés trop tard. La mer, on n'aurait pas dit de l'eau : grise et triste à cause des nuages. L'enflure qui venait de dessous était la respiration des poissons et la rage des poissons était la respiration de la mer, quand elle montait très haut, avec ses crêtes et ses bulles. Pendant qu'on prenait le café, comme un coup de poignard en traître, de nouveau pauvre Maria...

Mon nez s'est mis à saigner et je ne pouvais pas l'arrêter. Je me suis posé une pièce de dix centimes entre les sourcils, je me suis mis la clé de la porte d'entrée, et elle était grosse, derrière le cou. Le garçon m'a accompagnée au lavabo et m'a aidée à me jeter de l'eau sur la tête. Quand je suis revenue, Quimet avait les lèvres pincées et le nez bleu de rage, à l'heure du pourboire on va voir ça. Pas un radis.

Il a dit que le garçon naurait pas dû m'accompagner, je lui ai dit qu'il n'avait qu'à m'accompagner lui-même et il a dit que j'étais assez grande pour y aller toute seule. En enfourchant la moto il a remis ça : si Maria pouvait voir cette cent chevaux...

J'ai commencé à le prendre au sérieux. Des jours avant qu'il ne dise pauvre Maria, je savais que le moment de le dire approchait, il avait l'air absent. Et quand il avait dit pauvre Maria et voyait que cela me tourmentait, il restait calme, on n'aurait pas cru qu'il soit là, mais je sentais qu'il était tranquille en dedans. Et moi je ne pouvais plus m'ôter cette Maria de la tête. Si je frottais les carreaux je pensais : Maria doit faire ça mieux que moi. Si je faisais la vaisselle je pensais : Maria doit avoir des assiettes plus propres. Si je faisais le lit je pensais : Maria doit tendre davantage les draps... Et je pensais à Maria tout le temps, tout le temps. J'ai caché les tasses à chocolat ; quand je me disais que je les avais achetées sans demander la permission à Quimet, mon cœur se serrait. Et la mère de Quimet, dès qu'elle me voyait, il n'y a rien de nouveau ?

Et Quimet, les bras tombant le long du corps et les mains ouvertes, les paumes vers l'extérieur, haussait les épaules et ne disait rien. Mais j'entendais la voix qui était cachée en lui, et cette voix cachée disait ce n'est pas ma faute. Sa mère me regardait, ses yeux devenaient vitreux, peut-être qu'elle ne mange pas assez... Elle palpait mes bras, elle n'est pas si maigre que ça...

— Elle trompe, disait Quimet en nous regardant l'une après l'autre.

Sa mère, chaque fois qu'elle nous invitait, nous disait qu'elle nous avait préparé un déjeuner qui coûtait une fortune. Et quand on partait Quimet me disait toujours, qu'est-ce que tu m'en dis des talents de cuisinière de ma mère ? On montait sur la moto. Rouuuuuuuu... rouuuuuuuuuu... Comme l'éclair. La nuit, quand je me déshabillais, c'était classique, aujourd'hui, comme c'est dimanche, on va faire un petit garçon. Le lendemain il se levait en trombe. Il lançait les couvertures en l'air sans s'inquiéter de savoir s'il me découvrait. Debout dans la galerie, il respirait fort. Il se lavait en faisant beaucoup de bruit et il arrivait à la salle à manger en chantant. Il s'asseyait à table en entortillant ses jambes autour des barreaux de la chaise. Je n'avais encore jamais vu son atelier, un jour il m'a dit d'y aller. La porte vitrée était délavée et les vitres sales de poussière, de l'intérieur on ne voyait pas la rue pas plus que de la rue on ne voyait l'intérieur. Quand je lui ai dit que je laverais les vitres, il m'a dit ne te mêle pas de la boutique. Il y avait des outils très jolis et deux pots de colle, de la colle sèche, qui faisait des larmes au bord des pots. Comme je touchais un petit bâton qu'il y avait dedans il m'a dit, en me tapant sur la main, allez, allez, tripote pas !

Et comme si l'apprenti et moi on ne se connaissait pas, il m'a présentée, Colometa, mon épouse. L'apprenti, avec son petit air espiègle, m'a tendu une main comme il m'aurait tendu un morceau de bois. Andreuet, pour vous servir.

Et c'était toujours pareil. Colometa, Colometa... Et sa mère, toujours rien de nouveau ? Le jour où je lui ai dit que mon assiette trop remplie me soulevait le cœur, voir si elle voulait bien m'en enlever un peu, la mère de Quimet a dit ce n'est pas trop tôt ! Elle m'a emmenée dans sa chambre. Aux quatre coins du lit, de ce lit noir à la courtepointe couverte de roses rouges, il y avait quatre rubans attachés aux boules : un bleu, un lilas, un jaune et un couleur de carotte. Elle m'a dit de m'allonger, m'a palpée et m'a auscultée comme un médecin, pas encore a-t-elle dit en revenant dans la salle à manger. Et Quimet, en faisant tomber par terre la cendre de son cigare, a dit qu'il s'en doutait.

VIII

Et il a fait la chaise. Il avait passé des soirées à en faire les plans, ne venant au lit que lorsque je dormais déjà. Il me réveillait et me disait que le plus difficile, c'était de trouver l'équilibre. Il en discutait avec Cintet et avec Mateu les dimanches où il faisait mauvais temps ; on les passait à la maison. C'était un truc bizarre : ça tenait de la chaise, du fauteuil à bascule et du fauteuil tout court, et il a mis longtemps à le finir. Une majorquine, il a dit que ça s'appelait. Tout en bois. Ça se balançait juste un peu. Il a dit que je devais lui faire un coussin de la même couleur que l'abat-jour. Deux coussins : un pour s'asseoir dessus et un pour y appuyer la tête. Sur cette chaise il n'y avait que lui qui pouvait s'y asseoir.

— C'est une chaise d'homme, a-t-il dit.

Et je la lui ai abandonnée. Il a ajouté que je devais la cirer tous les samedis, le bois devait briller de tout son lustre et ses reflets jouer. Installé sur sa chaise, il croisait les jambes. S'il fumait, pour rejeter la fumée il fermait un peu les yeux, d'une drôle de manière, comme s'il devenait tout miel. Je l'ai expliqué à Mme Enriqueta.

— En tout cas il ne fait pas de mal. Il vaut mieux qu'il se distraie assis qu'en faisant le fou sur sa moto, pas vrai ?

Elle m'a dit de faire très attention avec la mère de Quimet et, surtout, de ne pas laisser deviner mes pensées à mon mari, parce que s'il était du genre de ceux qui ne vivent que pour embêter les autres, il valait mieux qu'il ne connaisse pas mes points faibles. Je lui ai dit que la mère de Quimet, la pauvre, je l'aimais un peu à cause de sa manie si amusante de flanquer des rubans partout. Mais Mme Enriqueta m'a dit que les rubans c'était calculé, pour tromper le monde et laisser croire qu'elle était très innocente. Qu'en tout cas je devais montrer que je l'aimais parce que Quimet serait content de moi s'il voyait que sa mère m'appréciait.

Les dimanches où on ne sortait pas et où Mateu et Cintet ne venaient pas, on passait l'après-midi au lit, entre ces colonnettes faites de boules superposées et ce bois couleur de miel. Pendant le déjeuner il annonçait :

— Aujourd'hui on va faire un enfant.

Et il me faisait monter au ciel. Mme Enriqueta m'avait fait comprendre depuis longtemps qu'elle aurait aimé que je lui raconte ma nuit de noces. Mais je n'osais pas, parce qu'on n'a pas eu de nuit de noces. On a eu une semaine de noces. Jusqu'à ce moment, jusqu'à ce qu'il se déshabille, je peux dire que je ne l'avais jamais regardé de près. J'étais assise dans un coin, sans oser bouger, et il a fini par dire si tu as honte de te déshabiller devant moi, je sortirai ; ou alors c'est moi qui commencerai et comme ça tu verras qu'il y a pas de quoi en faire une montagne. Ses cheveux étaient comme une forêt, plantés sur sa tête ronde. Brillants comme du cuir verni. Il se les peignait à grands coups de peigne, et à chaque coup de peigne il les lissait avec l'autre main. Quand il n'avait pas de peigne il se les peignait avec la main, les doigts écartés, vite, vite, comme si une main avait voulu attraper l'autre. S'il ne les peignait pas, il avait une mèche qui tombait sur son front large et un peu bas. Les sourcils étaient épais, noirs comme les cheveux, au-dessus de ses petits yeux brillants de souris. Le tour de ses yeux était toujours humide, comme légèrement huilé, et ça faisait très joli. Son nez n'était ni trop large ni trop étroit, ni retroussé, ce qui ne m'aurait pas plu. Il avait de bonnes joues, roses en été, rouges en hiver, avec, de chaque côté, des oreilles un peu décollées sur le haut. Ses lèvres, plutôt grosses, étaient toujours rouges ; la lèvre inférieure débordait l'autre. Quand il parlait ou qu'il riait on voyait ses deux rangées de dents, bien plantées dans leurs gencives. Il n'avait pas de nerfs au cou. Et son nez qui, je l'ai dit, n'était ni trop large ni trop étroit, avait à chaque trou une petite grille de poils pour arrêter le froid et la poussière. Simplement, à l'arrière de ses jambes, plutôt fines pourtant, les veines se gonflaient comme des serpents. Son corps était long et rond là où il le fallait. La poitrine haute et les fesses étroites. Le pied long et mince, avec le dessous un peu plat, et s'il marchait pieds nus on entendait le bruit de ses talons. Il était plutôt bien fait et je le lui ai dit, il a tourné sur lui-même lentement et m'a demandé tu trouves ?

Au coin où j'étais, j'avais très peur. Quand il a été dans le lit, pour me donner l'exemple comme il disait, j'ai commencé à me déshabiller. J'avais toujours craint ce moment. On m'avait dit qu'on y arrive par un chemin bordé de fleurs et qu'on en sort par un chemin bordé de larmes. Qu'on vous conduit dans la joie jusqu'à cette supercherie... Toute petite, j'avais entendu dire qu'on vous fend et j'avais toujours eu très peur de mourir fendue. Les femmes, on m'avait dit, meurent fendues... Ça commence avec le mariage. Et si ça ne s'est pas bien fait, la sage-femme achève de les fendre avec un couteau ou un tesson de bouteille. Et leur vie durant elles restent ainsi, éventrées ou cousues, c'est pourquoi les femmes mariées se fatiguent plus vite si elles doivent rester un moment debout. Les messieurs qui le savent, si le tram est bondé et qu'il y ait des femmes debout, se lèvent et leur cèdent leur place, et ceux qui ne le savent pas restent assis. Quand je me suis mise à pleurer, Quimet a levé la tête par-dessus le drap et m'a demandé ce que j'avais. Je lui ai avoué la vérité : la peur que j'avais de mourir fendue. Il a ri et dit que c'était vrai, qu'il y avait eu un cas, celui de la reine Bustamante, son mari, pour éviter la corvée, l'avait fait fendre par un cheval et elle en était morte. Et en avant de rire, et de rire, à s'en étouffer. C'est pour ça que je ne pouvais pas raconter ma nuit de noces à Mme Enriqueta, parce que le jour de notre mariage, en arrivant chez nous, Quimet m'a fait descendre chercher des provisions, a verrouillé la porte et a fait durer la nuit de noces une semaine. Mais ce que j'ai raconté à Mme Enriqueta, ç'a été l'histoire de la reine Bustamante et elle m'a dit oui, que c'était horrible, mais que ça l'était moins que ce que lui faisait son mari à elle, que la pluie mouillait et qui suçait les pissenlits par la racine depuis belle lurette, qui l'attachait sur le lit comme une crucifiée parce qu'elle voulait toujours s'enfuir. Et quand elle insistait trop pour que je lui raconte ma nuit de noces je tâchais de la distraire et un bon truc c'était l'histoire du fauteuil. Et celle de la clé perdue.

IX

Une nuit on a tourné dans les rues avec Cintet, en sortant du *Monumental,* jusqu'à deux heures du matin. Quand on est arrivés devant la maison et que Cintet allait repartir, on n'a pas pu entrer. La clé de la porte d'entrée, disparue. Quimet a dit qu'il me l'avait donnée pour que je la garde dans le porte-monnaie. Cintet, qui avait mangé avec nous, a dit qu'il lui semblait avoir vu Quimet décrocher la clé d'un clou derrière la porte, où elle était toujours, et la mettre dans sa poche. Quimet a examiné toutes ses poches pour voir si elles n'étaient pas trouées. J'ai dit que peut-être il avait cru la prendre. Quimet a dit qu'il avait peut-être dit à Cintet qu'il fallait penser à emporter la clé et que Cintet, sans réfléchir, l'avait prise et ne s'en souvenait pas et que c'était lui qui l'avait perdue. Après ils ont dit que c'était moi qui l'avait prise, mais ils ne pouvaient dire quand et ils ne se souvenaient pas de m'avoir vue la prendre. Cintet a dit frappez chez les voisins du premier. Quimet n'a pas voulu et il avait raison. Les voisins du premier, il valait mieux ne pas les embêter. A la fin Quimet a dit il nous reste l'atelier, allons chercher des outils.

Ils sont partis tous les deux chercher des outils pour ouvrir la porte. Je suis restée sur le seuil à attendre le veilleur de nuit, je l'avais appelé en frappant dans mes mains au coin de la rue mais il n'était pas venu et on ne le voyait nulle part. Fatiguée de me tenir debout, je me suis assise sur la marche de l'entrée ; la tête contre la porte, je regardais le bout de ciel entre les maisons. Il y avait un peu de vent, un peu seulement, le ciel était très sombre et les nuages couraient. Je devais faire de grands efforts pour ne pas fermer les yeux. Le sommeil me gagnait. La nuit, le petit vent et ces nuages qui passaient tous poussés du même côté, tout m'endormait, et je me demandais ce que diraient Quimet et Cintet si, en revenant, ils me trouvaient transformée en une boule de sommeil devant la porte, tellement endormie que je n'aurais même plus la force de monter l'escalier... De loin j'ai entendu les pas qui approchaient sur les pavés.

Quimet, avec une chignole, a fait un trou à la porte au-dessus de la serrure. Cintet n'arrêtait pas de dire que ce n'était pas légal et Quimet lui répondait qu'il boucherait le trou mais qu'il fallait bien qu'il rentre chez lui. Quand le trou a été fait, un trou dans toute l'épaisseur de la porte, il a fabriqué un crochet avec du fil de fer, a attrapé la corde — la porte s'ouvrait d'en haut en tirant sur une corde — et il a pu ouvrir juste au moment où le veilleur de nuit tournait le coin de la rue. On s'est vite planqués dedans et Cintet a filé. En entrant dans l'appartement, la première chose qu'on a vue c'est la clé accrochée derrière la porte. Le lendemain Quimet a bouché le trou avec un bouchon de liège et si quelqu'un s'en est aperçu, il n'a rien dit. Mais alors, la clé, vous ne l'aviez pas perdue, disait Mme Enriqueta. Et moi je lui disais, tant qu'on a cru qu'on l'avait perdue, c'était comme si on l'avait réellement perdue.

La fête du quartier est arrivée. Quimet avait dit qu'on danserait sur la place du Diamant et que c'est moi qui aurais le bouquet... On est restés enfermés à la maison, Quimet râlait parce qu'il avait restauré des meubles, ça lui avait donné beaucoup de travail, mais le monsieur qui l'en avait chargé s'était conduit comme un juif et l'avait roulé. Pour ne pas tout perdre, Quimet avait accepté d'encaisser à perte. Et sa mauvaise humeur retombait sur moi. Quand il était de mauvaise humeur il remettait ses Colometa, fais gaffe Colometa, t'as fait une bêtise. Colometa viens, Colometa va. Ah toi, au moins, tu t'en fais pas... Et il allait d'un bout de la pièce à l'autre comme si on l'avait mis en cage. Et je t'ouvre tous les tiroirs, et je te jette à terre tout ce qu'il y a dedans. Et quand je lui demandais ce qu'il cherchait, pas un mot. Il était fâché parce que moi je n'étais pas fâchée contre le monsieur qui l'avait roulé. Et comme je ne voulais pas me mettre en colère, je l'ai laissé seul. Je me suis peignée et quand j'ai ouvert la porte et que je lui ai dit que j'allais chercher des boissons fraîches parce que tout ce chambard qu'il avait fait m'avait donné soif, il s'est arrêté de faire le dingue. Toute la rue était brillante de joie, il y avait de jolies filles avec de jolies robes et d'un balcon on m'a lancé une poignée de confettis de toutes les couleurs et j'en ai enfoncé quelques-uns dans mes cheveux pour qu'ils y restent. Je suis revenue avec deux bouteilles ; Quimet était sur sa chaise, assoupi. Les rues brillaient de joie et moi que je te ramasse le linge pour le plier et le ranger. Et, déjà tard, chez la belle-mère, en moto, pour la saluer.

— Vous vous entendez bien, au moins ?

— Oui, madame.

En sortant et en faisant démarrer la moto d'un coup de pied, Quimet m'a demandé qu'est-ce qu'on se disait en chuchotant.

Je lui ai dit que j'avais expliqué à sa mère qu'il avait beaucoup de travail et il m'a dit que je n'aurais pas dû parce que sa mère était dépensière et que depuis quelque temps elle voulait lui faire acheter une tête de loup et une nouvelle toile à matelas, grise et blanche. Et un jour la mère de Quimet m'a expliqué qu'il était têtu et que, quand il était petit, il la faisait tourner en bourrique. Quand elle lui commandait quelque chose qu'il ne voulait pas faire, il s'asseyait par terre et ne se levait que lorsqu'elle l'avait bourré de coups de poing sur la tête.

C'est un dimanche matin que Quimet a commencé à se plaindre de sa jambe. Il disait que sa jambe lui faisait mal en dormant, comme s'il avait du feu dans la moelle de l'os et, par moments, entre la chair et l'os. Le feu n'était pas en même temps dans la moelle de l'os et entre chair et os, quand il était à un endroit il n'était pas à l'autre. Dès qu'il avait mis le pied à terre ç'avait été fini.

— Quel os ?

— Quel os ? Les os ! Un peu l'os de la jambe et un peu l'os de la cuisse, mais pas le genou. Il a dit que c'était peut-être du rhumatisme. Mme Enriqueta a dit qu'elle n'y croyait pas, qu'il le disait pour que je m'occupe de lui. Tout l'hiver il s'est plaint de sa jambe. Et le matin il m'expliquait avec tous les détails, dès qu'il ouvrait les yeux et tout en déjeunant, ce que sa jambe lui avait fait la nuit. Sa mère a dit : Colometa devrait te faire des compresses chaudes. Il a dit qu'on lui fiche la paix, qu'il en avait assez avec son mal. Dès que je le voyais arriver, à midi et le soir, je lui demandais comment allait sa jambe, et il disait que pendant le jour il ne sentait rien.

Il s'allongeait sur le lit. Il se laissait tomber comme une masse et moi, chaque fois, j'avais peur qu'il casse les ressorts. Il voulait que je le déchausse et que je lui passe ses pantoufles ; des pantoufles à carreaux, de deux couleurs, café au lait. Après s'être reposé un moment il venait dîner. Avant de s'endormir il voulait que je le frictionne à l'alcool sur tout le corps, à cause de la douleur, il disait. Sur tout le corps parce qu'il disait que son rhumatisme était un malin et qu'il monterait ou qu'il descendrait si on oubliait des endroits.

J'expliquais à tout le monde que ça ne lui faisait mal que la nuit et on trouvait cela étrange. L'épicière, qui habitait au rez-de-chaussée, elle aussi trouvait cela étrange. Alors, cette jambe, elle l'empêche toujours de dormir ? Et la jambe de votre mari ? Ça va, merci. Il n'a mal que la nuit. Il a encore mal à la jambe ? demandait sa mère.

Un jour, sur la Rambla des Fleurs, une vraie inondation de parfums et de couleurs, j'ai entendu une voix derrière moi.

— Natàlia...

J'ai cru qu'il ne s'agissait pas de moi tellement j'étais habituée à entendre tout le temps Colometa, Colometa. C'était Pere, mon premier fiancé. Celui que j'avais quitté. Je n'ai pas osé lui demander s'il était marié ou s'il avait une fiancée. On s'est serré la main et il avait la lèvre inférieure qui tremblait un peu. Il m'a dit qu'il était désormais seul au monde. Je ne m'étais pas encore aperçue qu'il avait un ruban noir au bras. Il m'a regardée et on aurait dit qu'il s'enfonçait peu à peu entre les gens, entre les fleurs, entre les boutiques. Il m'a dit qu'un jour il avait rencontré Julieta et qu'elle lui avait dit que j'étais mariée, il avait tout de suite pensé qu'il me souhaitait beaucoup de bonheur. J'ai baissé la tête parce que je ne savais ni que faire ni que dire, et j'ai pensé que je devais, de ma tristesse, faire une pelote, toute petite, pour qu'elle ne m'enveloppe pas, qu'elle ne reste pas répandue dans mes veines. En faire une pelote, une balle, une boulette. Et l'avaler. Comme il était sensiblement plus grand que moi, pendant que j'avais la tête baissée j'ai senti tout le mal que Pere avait en dedans peser sur mes cheveux, et il me semblait qu'il voyait en moi, toutes mes affaires, toute ma peine. Heureusement il y avait les fleurs.

A midi, quand Quimet est rentré, je lui ai dit tout de suite que j'avais vu Pere.

— Pere ?... Il a fait une moue. Je vois pas qui tu veux dire.

— Ce garçon que j'ai quitté pour me marier avec toi.

— Tu ne lui as pas parlé ?

Je lui ai dit qu'on s'était demandé des nouvelles et il a dit que j'aurais dû faire semblant de ne pas le reconnaître. Je lui ai dit que Pere avait eu du mal à me reconnaître, il me l'avait dit, avant de m'interpeller il avait dû me regarder longtemps, parce que j'étais très maigre.

— Qu'il s'occupe de ses oignons.

Et je ne lui ai pas dit qu'en descendant du tram j'étais allée regarder les poupées à la devanture du marchand de toiles cirées et que c'est à cause de ça que le repas n'était pas prêt.

X

La mère de Quimet m'a fait le signe de la croix sur le front et n'a pas voulu que je lui essuie les assiettes. Moi, j'étais comme ci comme ça. Quand elle a eu fini de faire la vaisselle, on s'est assises sur la galerie couverte par une treille d'un côté et des larmes-de-saint-Joseph de l'autre et Quimet a dit qu'il avait sommeil et il est parti ; c'est alors que la mère de Quimet m'a expliqué ce que Quimet et Cintet lui avaient fait lorsqu'ils étaient petits, un jeudi après-midi, parce que Cintet passait toujours le jeudi après-midi chez eux. Elle m'a dit qu'elle avait planté des jonquilles, trois douzaines de jonquilles, et que chaque matin en se levant elle allait voir comment elles poussaient. Les jonquilles sortaient très lentement de leur bulbe, pour se faire désirer, et à la fin la tige était couverte de boutons, une vraie procession. D'après les boutons on pouvait prévoir la couleur des fleurs. Plus qu'aucune autre couleur, il y en avait des roses. Un jeudi après-midi les deux garçons jouaient au jardin et quand elle est allée leur apporter à goûter, tout de suite elle a vu les jonquilles plantées à l'envers : le bulbe avec sa chevelure de racines, en l'air, et les boutons, les feuilles et la tige, dans la terre. Elle m'a dit qu'elle ne leur avait dit qu'un mot, elle qui n'a jamais été portée à en dire de gros. Et elle n'a pas voulu me répéter celui qu'elle leur avait dit. Et elle a ajouté les garçons ça donne du mal. Si tu as un garçon, prends garde.

Mon père, quand il a su que j'étais comme ça, Quimet était allé le lui dire, est venu me voir et il a dit que, garçon ou fille, son nom était fini. Mme Enriqueta me demandait toujours si j'avais des envies.

— Si tu as une envie, ne te touche pas, ou alors touche ton derrière.

Elle m'expliquait des cas d'envies très laides : de raisins secs, de cerises, de foie... La plus laide de toutes, c'était l'envie de tête de chevreau. Elle avait connu une dame qui avait eu des envies de tête de chevreau. Et cette envie de tête de chevreau de la dame, Mme Enriqueta l'avait vue ensuite sur la joue de l'enfant, avec l'ombre de l'œil et l'ombre de l'oreille, en petit. Après elle m'a dit que les enfants se formaient dans l'eau, en commençant par le cœur, puis viennent les nerfs, les veines et, après, les vertèbres. Elle disait qu'à la colonne vertébrale on a du cartilage entre les vertèbres pour pouvoir s'enrouler, sinon on ne tiendrait pas dans le ventre. Si le ventre était plus long on pourrait y rester debout et alors à la colonne vertébrale on aurait un os raide comme un manche à balai. Alors, même petit, on ne pourrait pas se plier.

L'été, la sage-femme a dit que j'avais besoin de grand air et de bains de mer. La moto, et on était sur la plage. Tout était prêt : le manger et les affaires de bain. Une serviette rayée, jaune, bleue et noire, servait de rideau. Quimet la tendait, les bras aussi écartés que possible, et je me déshabillais derrière. Il se moquait de moi, on voit bien que ça faisait rire avec un ventre qui n'était plus le mien. Et je regardais les vagues qui arrivaient et repartaient, toujours pareil, toujours pareil... toutes avec l'envie de venir et l'envie de repartir. Assise face à la mer, tantôt grise et tantôt verte, bleue surtout, cette masse d'eau qui bougeait et qui vivait, cette eau qui s'exprimait emportait mes pensées et me laissait complètement épuisée. Et Quimet, s'il me voyait trop longtemps silencieuse, me demandait, alors, ça gaze ?

Le moment où j'aurais tout envoyé promener c'est quand on revenait en faisant des zigzags sur la route. Pauvre de moi ! Mon âme, qui tremblait dans mon cœur, me remontait tout entière à la bouche. Quimet disait que le petit, habitué comme il l'était à la moto, tout en se faisant, gagnerait des courses quand il serait grand, il ne sait pas qu'il roule en moto, mais il le sent et s'en souviendra. Et une fois on a rencontré je ne sais plus qui et il a dit : elle est grosse, et moi j'aurais voulu disparaître sous terre tellement ça me faisait honte.

Sa mère m'a donné des brassières qui avaient été à Quimet et Mme Enriqueta des bandes pour le cordon, une chose que je n'arrivais pas bien à comprendre : le cou des brassières avait des rubans passés dans les trou-trous pour froncer. On aurait dit qu'on les avait faites pour une fille. Mon père a dit que, si le nom devait de toute manière se perdre, il tenait pourtant à ce que, si c'était un garçon, il s'appelle Lluis et si c'était une fille, Margarita, comme son aïeule maternelle. Quimet a dit que, parrain ou pas, c'est lui qui choisirait le nom de son fils ou de sa fille. Le soir, quand il venait se coucher, parce qu'il faisait des plans sur la table et tardait longtemps, il allumait et faisait tout ce qu'il pouvait pour me réveiller.

— Alors, tu le sens ?

Et quand Cintet et Mateu venaient, il leur disait : ce sera un garçon gros comme ça !

Je ne sais pas à quoi je ressemblais, ronde comme une boule, avec les pieds au fond et la tête à l'autre bout. Un dimanche la mère de Quimet m'a montré une chose très étrange, comme une racine toute sèche et ratatinée, elle m'a dit que c'était une rose de Jéricho qu'elle gardait depuis qu'elle avait eu Quimet ; quand ce serait le moment, elle la mettrait dans l'eau, et pendant que dans l'eau, la rose de Jéricho s'ouvrirait, moi aussi je m'ouvrirais.

La manie de la propreté m'a prise. J'avais toujours été très propre, mais alors c'est devenu une manie. Toute la journée je frottais, j'époussetais et quand j'avais fini d'épousseter, je remettais ça. Je restais des heures et des heures à frotter un robinet et si, quand j'avais fini, j'y voyais encore une ombre, je recommençais et quand il brillait bien, j'étais ravie. Quimet voulait que je repasse ses pantalons toutes les semaines. Je n'avais jamais repassé des pantalons et la première fois je ne savais pas comment m'y prendre. Malgré toute mon attention il y a eu deux plis au lieu d'un, derrière, à partir du genou. Je dormais mal et tout me gênait. En me réveillant je regardais mes mains, je les ouvrais devant mes yeux et je les remuais pour voir si elles étaient vraiment à moi, si j'étais moi. Quand je me levais, les os me faisaient mal. Alors Quimet s'est mis, avec une espèce de fureur, à se plaindre de sa jambe. Mme Enriqueta a dit que le mal de Quimet s'appelait la tuberculose osseuse et qu'il lui fallait du soufre. Quand je l'ai expliqué à Quimet il a dit qu'il ne voulait pas exploser pour faire plaisir à Mme Enriqueta. Je lui avais préparé une cuiller de miel mêlé à de la fleur de soufre, il a dit que le miel lui ferait mal aux dents et toute la journée il n'a fait que parler de son rêve des dents, il les avait touchées une à une avec le bout de la langue et chaque dent qu'il touchait se détachait de la gencive et restait dans sa bouche comme un caillou. Il avait la bouche pleine de cailloux et ne pouvait pas les cracher, ses lèvres étaient cousues. Après ce rêve il avait tout le temps l'impression que ses dents tremblaient et que c'était un rêve qui annonçait la mort. Et il avait mal aux dents. L'épicière du rez-de-chaussée m'a dit de lui faire prendre des bains de bouche avec de l'eau de coquelicots, le coquelicot endort la douleur, mais Mme Enriqueta a dit que l'eau de coquelicots endormait peut-être la douleur mais qu'ensuite elle se réveillait. Ce qu'il fallait à Quimet, c'était de bonnes pinces de dentiste, et finis les rêves.

Pendant qu'on en était aux dents, aux cailloux et aux rêves de mort, une crise d'urticaire me faisait devenir folle. La nuit, on faisait une promenade jusqu'aux Jardinets parce que je devais prendre de l'exercice. Mes mains enflaient, mes mollets enflaient et si on m'avait attaché un fil à la patte on aurait pu me faire voler. Sur la terrasse, entourée de vent et de bleu, pendant que j'étendais le linge, ou que je cousais assise, ou que j'allais d'un côté à l'autre, c'était comme si on m'avait vidée de moi-même et qu'on m'avait remplie de quelque chose de très étrange. Quelqu'un, en cachette, s'amusait à souffler dans ma bouche et à me gonfler. Assise sur la terrasse, seule avec l'après-midi, entourée de garde-fous, de vent et de bleu, je regardais mes pieds, sans arriver à comprendre tout ça, c'est alors que j'ai poussé le premier gémissement.

XI

Ce premier cri m'a assourdie. Je n'aurais jamais cru que ma voix pouvait porter si loin et durer autant. Et que tout ce mal sorte de ça, en cris par la bouche, et avec l'enfant par en bas. Quimet faisait les cents pas dans le couloir en enfilant des patenôtres. Et à un moment où la sage-femme est sortie chercher de l'eau chaude il lui en a dit de toutes les couleurs, je me serais bien passée de ça...

Quand sa mère voyait que j'avais un moment de répit elle s'approchait, si tu voyais Quimet, comme il souffre... La sage-femme a fait passer une serviette entre les colonnettes du lit et m'a dit d'attraper les deux bouts et de forcer tant que je pouvais. Quand c'était presque fini, une colonnette du lit s'est cassée et j'ai entendu une voix qui disait, et j'étais tellement étrangère à moi-même que je n'ai pas su la voix de qui c'était, elle a failli l'étrangler.

Dès que j'ai pu reprendre haleine j'ai entendu un pleur. La sage-femme tenait par les pieds un bébé comme une petite bête, c'était à moi, elle lui frappait le dos du plat de la main et la rose de Jéricho était éclose sur la table de nuit. J'ai caressé comme en rêve une fleur brodée du dessus-de-lit et j'ai tiré sur une feuille. On m'a dit que ce n'était pas fini, que je devais faire la maison du bébé. On ne m'a pas laissé dormir, j'en avais les yeux qui se fermaient tout seuls... Je n'ai même pas pu nourrir le bébé. J'avais un sein petit et plat comme d'habitude et l'autre plein de lait. Quimet a dit qu'il se doutait bien que je leur réservais une surprise. Le garçon, c'en était un, pesait près de quatre kilos à la naissance ; un mois après il en pesait deux et demi. Il fond, disait Quimet. Il fondait comme un morceau de sucre dans un verre d'eau. Quand il ne pèsera plus qu'un demi-kilo, on le perdra, maintenant qu'on avait...

Mme Enriqueta, la première fois qu'elle est venue le voir, savait déjà ce qui se passait : l'épicière du rez-de-chaussée le lui avait raconté. Alors, tu as failli l'étrangler ? Quimet était très embêté et rouspétait, à moi le travail, je dois refaire la colonnette, elle l'a cassée de telle façon qu'on ne peut même pas la recoller. La nuit, le bébé pleurait. Dès qu'il faisait sombre il se mettait à pleurer. La mère de Quimet disait qu'il pleurait parce qu'il avait peur de l'obscurité et Quimet disait que le bébé ne savait pas ce qu'était la nuit ni ce qu'était le jour. Ni la sucette, ni le biberon qu'il ne prenait pas, ni de le promener, ni de lui chanter quelque chose, ni de le gronder, rien ne pouvait le faire taire. A la fin Quimet a perdu patience et a eu un coup de sang. Il disait que cette vie était intenable, que ça ne pouvait pas durer et que, si ça durait trop, ça serait lui qui mourrait. Il a mis le bébé et le berceau dans une petite pièce à côté de la salle à manger et quand on allait se coucher on fermait la porte. Les voisins du dessous devaient l'entendre pleurer et le bruit a commencé à se répandre qu'on était des parents indignes. Je lui donnais du lait et il n'en voulait pas. Je lui donnais de l'eau et il n'en voulait pas. Je lui donnais du jus d'orange et il le crachait. Je le changeais, il pleurait. Je le baignais, il pleurait. Il était nerveux, nerveux ! Et il se transformait peu à peu en singe, avec ses jambes comme des baguettes. Quand il était nu il pleurait encore plus fort que lorsqu'il était habillé, et il remuait les doigts de pieds comme les doigts de la main, et j'avais peur qu'il éclate. Qu'il s'ouvre par le nombril. Parce que le cordon n'était pas encore tombé mais on voyait bien que ça allait se faire. Le premier jour que je l'ai vu comme je l'avais fait, quand la sage-femme m'a montré comment je devais le prendre pour le baigner, elle m'a dit tout en le mettant dans la cuvette :

— Avant notre naissance, on est tous comme des poires. On a tous été suspendus au bout de cette corde.

Elle m'a appris à le sortir de son berceau en lui tenant la tête, si on ne la leur tient pas, elle a dit, ils ont les os si tendres que le cou peut casser. Et elle me répétait toujours que le nombril est la chose la plus importante de la personne. Aussi importante que la fontanelle lorsqu'elle n'est pas encore fermée. Le bébé était de jour en jour plus ridé. Et plus il maigrissait, plus il pleurait fort. On voyait bien que cet enfant en avait jusque-là de vivre. Julieta est venue me voir et m'a porté un foulard de soie blanche avec des coccinelles partout. Et un cornet de bonbons. Elle a dit que les gens pensaient à l'enfant mais personne à la maman. Et elle a dit que cet enfant allait mourir, qu'on ne se fasse plus de mauvais sang, que lorsqu'un bébé ne veut pas téter c'est comme s'il était déjà mort... Au sein qui avait du lait, j'ai eu un abcès. Je n'arrivais pas à perdre le lait. J'avais toujours entendu dire que le lait fait ce qu'il veut, mais je n'aurais jamais cru que c'était à ce point... Et finalement, peu à peu, l'enfant s'est mis à prendre son biberon, mon sein a guéri et la mère de Quimet est venue chercher la rose de Jéricho, qui s'était refermée, et l'a emportée enveloppée dans du papier de soie.

XII

Mme Enriqueta prenait le bébé dans ses bras, il s'appelait Antoni, et criait : la châtaigne ! la p'tite châtaigne ! Et le bébé riait, puis elle l'approchait pour qu'il voie les langoustes et aussitôt il faisait sa moue. Et il salivait, brrrrrr... brrrrrr... Quimet se plaignait à nouveau de sa jambe, qui lui faisait plus mal que jamais, parce qu'en plus de la sensation de brûlure, tantôt dans l'os et tantôt autour, il avait des élancements de l'autre côté, vers la ceinture. Le nerf est touché, il disait. Un jour Mme Enriqueta m'a dit qu'elle l'avait trouvé très bien, en très bonne santé, et je lui ai dit qu'il passait les nuits blanches à souffrir le martyre.

— Et tu y crois ? Il a le teint frais comme une rose et ses yeux brillent comme des diamants.

La mère de Quimet gardait le bébé les lundis pour que je puisse faire la grosse lessive. Quimet disait qu'il n'aimait pas du tout que sa mère garde l'enfant, il la connaissait, un jour, en nouant et dénouant ses rubans, elle laisserait l'enfant sur la table et il roulerait par terre comme cela lui était arrivé alors qu'il n'avait pas encore un an. Souvent, l'après-midi, je le prenais dans mes bras et j'allais voir les poupées : elles étaient là, les joues rondes, leurs yeux de verre dans les orbites, le mignon petit nez un peu plus bas et la bouche entrouverte, toujours souriantes et ravies ; le front brillait de colle sèche avec laquelle les cheveux étaient fixés. Il y en avait d'allongées dans leur boîte, les yeux fermés et les bras immobiles le long du corps. Les autres, dans des boîtes debout, avec les yeux ouverts, et les plus pauvres qui, debout ou couchées, gardaient toujours les yeux ouverts. Habillées en bleu, en rose, avec de la dentelle frisée autour du cou, avec des rubans à la ceinture, avec des dessous en tarlatane, pour faire gonfler. Les souliers vernis brillaient dans la lumière ; les chaussettes étaient blanches, bien tirées, les genoux couleur chair plus foncée que le reste de la jambe. Elles étaient toujours là, ravissantes dans la vitrine, attendant qu'on les achète et qu'on les emporte. Toujours là avec leur visage en porcelaine et leur chair en carton-pâte, à côté des plumeaux, des époussettes, des peaux de chamois, les vraies et les imitations, tout ça à la maison des toiles cirées.

Je me souviens du pigeon et de l'entonnoir, Quimet avait acheté l'entonnoir la veille du jour où le pigeon est venu. Il a vu le pigeon un matin en ouvrant les volets de la salle à manger. Il était blessé à l'aile, à moitié évanoui, et il y avait un peu de sang par terre. Il était tout jeune. Je l'ai soigné et Quimet a dit qu'on le garderait, qu'il lui ferait une cage sur la galerie et qu'on pourrait le voir de la salle à manger : une cage qui serait une vraie maison de maître, avec un balcon courant sur la façade, un toit rouge et une porte munie d'un heurtoir. Ce pigeon ferait le bonheur du bambin. Pendant quelques jours on l'a tenu attaché par une patte à la balustrade en fer de la galerie. Cintet est venu et nous a dit qu'on devait le lâcher, qu'il appartenait sûrement à un voisin, sinon il n'aurait pas pu venir jusque-là avec son aile cassée. On est montés sur la terrasse pour regarder les alentours, comme si on ne l'avait jamais fait, mais on n'a pas vu de pigeonnier. Cintet, en tordant la bouche, a dit qu'il n'y comprenait rien. Mateu a dit qu'il valait mieux le tuer, qu'il valait mieux qu'il meure plutôt que de vivre attaché et prisonnier. Quimet, alors, l'a sorti de la galerie et l'a mis au grenier sur la terrasse, il a dit qu'il s'y prendrait autrement, qu'au lieu de construire une maison de maître il lui ferait un pigeonnier et que le père de son apprenti, qui élevait des pigeons, lui en vendrait un à l'essai pour voir s'il s'entendrait avec le nôtre.

L'apprenti est venu avec un cabas et un pigeon dedans. On en a essayé trois : le troisième a été le bon. Le pigeon trouvé, on l'a appelé Café, il avait une tache de cette couleur sous une aile : sa dame, on l'a appelée Maringa. Café et Maringa, enfermés au grenier, ne faisaient pas de petits. Ils faisaient des œufs, mais pas de petits. Mme Enriqueta disait que le mâle était mauvais et qu'on devait s'en débarrasser. Qui sait d'où il vient, disait-elle. Et elle disait que c'était peut-être un pigeon voyageur qu'on avait nourri avec des produits étranges qui l'excitaient et le faisaient voler plus haut. Quimet, quand je lui racontais ce que me disait Mme Enriqueta, disait qu'elle ferait mieux de s'occuper d'elle, qu'elle avait assez à faire avec ses châtaignes. La mère de Quimet a dit que si on faisait un pigeonnier, on n'avait pas idée de l'argent que ça nous coûterait. Je ne sais plus qui nous a conseillé de ramasser des orties, de les faire sécher en petites bottes pendues au plafond et, une fois hachées menu, de les mélanger à du pain trempé et de les donner aux pigeons ; ça leur donnerait des forces et ils feraient des œufs avec des pigeons dedans. Mme Enriqueta m'a expliqué qu'elle avait connu une dame italienne nommée Flora Caravella, qui avait fait la vie, et qui avait monté sur le tard une maison avec quelques Floras Caravellas et des pigeons sur la terrasse pour se distraire. Et qu'elle leur donnait des orties. Donc la mère de Quimet avait raison de vouloir leur en faire manger, et quand je lui ai dit que le truc des orties ce n'était pas la mère de Quimet qui me l'avait dit, c'est pareil, elle a dit, qui que ce soit qui vous l'ait dit, il a raison de leur en donner. Le petit pigeon et l'entonnoir sont deux choses qui sont entrées presque en même temps à la maison, parce que la veille de l'arrivée du pigeon Quimet avait acheté l'entonnoir pour verser le vin de la bonbonne dans la bouteille, tout blanc, avec un rebord bleu marine, et il m'a dit de faire attention, si jamais je le laissais tomber il s'écaillerait.

XIII

On a fait le pigeonnier. Le jour que Quimet avait choisi pour s'y mettre il s'est mis à pleuvoir à seaux. Il a installé son atelier dans la salle à manger. C'est à la salle à manger qu'on sciait les planches, qu'on a tout préparé ; la porte, une fois achevée, a été montée de la salle à manger à la terrasse avec son balcon et tout. Cintet était venu nous aider. Le premier dimanche où il a fait beau on est tous montés sur la terrasse pour voir Mateu qui faisait une fenêtre au grenier, avec un large rebord pour que les pigeons, avant de s'envoler, puissent s'y poser et réfléchir où ils iraient. Il a vidé le grenier de tout ce que j'y avais mis, la corbeille à linge, les petites chaises, la caisse pour le linge sale, le panier aux épingles...

— Colometa, on la flanque à la porte.

On m'a promis que plus tard on me ferait un auvent où ranger mes affaires ; mais pour le moment j'ai dû tout descendre dans l'appartement, et si je voulais monter me reposer un instant sur la terrasse je devais emporter une chaise. Ils ont dit qu'avant de laisser sortir les pigeons du pigeonnier il fallait le peindre. Un le voulait vert, l'autre le voulait bleu, l'autre couleur chocolat. On a fini par le peindre en bleu et ç'a été moi le peintre. Parce que quand le pigeonnier a été fini Quimet avait toujours du travail le dimanche et il a dit que, si on tardait trop à le peindre, la pluie dégraderait le bois. Et vas-y que je te peigne, avec Antoni qui dormait ou qui pleurait par terre. Trois couches. Et le jour où la peinture a été sèche on est tous montés sur la terrasse et on a laissé les pigeons sortir et se promener dans leur pigeonnier. Le premier à sortir ç'a été le blanc aux yeux rouges et aux pattes rouges avec des griffes noires. Le noir est sorti après, pattes noires et yeux gris, avec le gris des yeux entouré d'une raie toute ronde, jaune. L'un et l'autre sont restés un bon moment à regarder de tous les côtés avant de descendre. Ils ont baissé puis relevé la tête plusieurs fois, on aurait dit qu'ils allaient plonger mais ils y ont réfléchi encore un bon bout de temps. A la fin, dans un grand battement d'ailes, ils se sont envolés ; l'un a atterri près de l'abreuvoir, l'autre près de la mangeoire. Elle, comme une dame en deuil, a secoué la tête et gonflé les plumes de son cou ; lui s'est approché, a ouvert la queue et je te fais la roue, et tourne et tourne. Et ça roucoulait, ça roucoulait. Quimet a été le premier qui a parlé, on gardait tous le silence, et il a dit que les pigeons étaient heureux.

Il a dit que, quand ils sauraient entrer et sortir par la fenêtre, et par la fenêtre seulement, il leur ouvrirait la porte et comme ça ils pourraient sortir des deux côtés, mais que s'il leur ouvrait la porte avant qu'ils ne s'habituent à sortir par la fenêtre, ils ne sortiraient plus que par la porte. Alors il leur a mis des couvoirs neufs, parce que ceux qu'on avait jusque-là avaient été prêtés par le père de notre apprenti. Et quand tout était fini Quimet a demandé s'il restait de la peinture bleue, je lui ai dit que oui et il m'a fait peindre la rampe de la galerie. Au bout d'une semaine il a apporté un autre couple de pigeons tout bizarres, avec une sorte de capuchon qui les laissait sans cou et il a dit que c'étaient des nonnains. Il les a appelés le Moine et la Bonne Sœur.

Tout de suite ils se sont battus avec les anciens, qui ne voulaient pas de nouveaux locataires et qui étaient les maîtres du pigeonnier. Mais les nouveaux, mine de rien, en s'effaçant et en acceptant de ne pas toujours manger à leur faim et de recevoir quelques coups d'ailes, en vivant dans les coins, ont fini par obtenir que les anciens les acceptent et puis ils sont devenus les maîtres des lieux. Ils faisaient ce qu'ils voulaient et si on voulait les en empêcher ils se dressaient, le capuchon hérissé. Quinze jours après, Quimet est arrivé avec un autre couple de pigeons, des queues de paon, très vaniteux : toute la journée le torse bombé et la queue en l'air. Cette fois, quand les anciens ont pondu, tout a bien marché.

XIV

Les odeurs de viande, de poissons, de fleur et de légumes se mêlaient et, même si j'avais été aveugle, j'aurais tout de suite deviné que j'approchais de la place du marché. Je sortais de ma rue, je traversais la Grand-Rue, avec ses tramways jaunes qui montaient et descendaient en faisant sonner leur clochette. Avec leurs conducteurs et leurs receveurs aux costumes à fines rayures qui donnaient dans le gris. Le soleil venait du côté du Passeig de Gràcia, passait entre les files de maisons et pataplouf ! tombait sur les pavés, sur les gens, sur les dalles des balcons. Les balayeurs balayaient, avec leurs grands balais en branches de bruyère, on aurait dit qu'ils étaient de la même matière que les santons : ils balayaient les rigoles. Et je pénétrais dans les odeurs de la place du marché, dans les cris de la place du marché, et je me perdais dans la cohue, dans un épais courant de femmes et de paniers. Ma marchande de moules, avec ses manchettes bleues et son tablier à bavette, remplissait mesure sur mesure de moules et de coquillages lavés à l'eau douce mais qui gardaient encore et répandaient une odeur d'eau de mer. Des étals des tripiers venait l'odeur fade de la mort. Tous les abats des bêtes étaient vendus sur feuilles de choux : les pieds de chevreaux, les têtes de chevreaux avec leurs yeux vitreux, les cœurs ouverts, un canal vide au milieu bouché par un caillot de sang : une larme de sang noir... Aux crochets étaient suspendus des foies trempés de sang en dedans, des tripes humides, des têtes bouillies, et toutes les tripières avaient la figure blanche, cireuse, à force de rester à côté de ces mets insipides, à force de souffler dans les mous roses en tournant le dos aux clients, comme si elles commettaient une mauvaise action... Ma marchande de poissons, les dents en or et qui riait, pesait des palangres, et sur chaque écaille il y avait, si petite qu'à peine si on la voyait, la lampe suspendue au-dessus de la corbeille. Les aloses, les milans, les loups, les rascasses à grosse tête, qui semblaient avoir été peints à l'instant, avec leurs arêtes tout le long du dos comme des piquants d'une grande fleur... tout cela sortait de ces vagues qui, à grands coups de queue et les yeux exorbités, me vidaient lorsque je m'asseyais devant elles. Ma marchande de légumes me gardait des choux de Bruxelles : vieille, maigre, elle s'habillait toujours en noir et avait deux fils qui s'occupaient des jardins...

Et la vie s'écoulait ainsi, avec ses petits soucis, jusqu'au jour où la République est venue et mon Quimet s'est emballé, il est descendu dans la rue en criant et en brandissant un drapeau dont je n'ai jamais pu savoir d'où il l'avait tiré. Je me souviens encore de cet air frais, un air frais que, j'ai beau y songer, je n'ai jamais plus senti. Jamais plus. Mêlé à l'odeur des feuilles tendres et des boutons de rose, un air qui s'est enfui ; et tous ceux qui sont venus après n'ont jamais été comme l'air de ce jour qui a fait une telle coupure dans ma vie, parce que c'est en avril et dans le parfum des fleurs non écloses que mes petits malheurs sont devenus grands.

— Ils ont dû faire leurs valises et filer dare-dare, disait Cintet, et il disait que le roi dormait toutes les nuits avec trois artistes différentes et que la reine, pour sortir dans la rue, mettait un masque. Et Quimet disait qu'on était encore loin de tout savoir.

Cintet et Mateu venaient souvent et Mateu était de plus en plus amoureux de Griselda : il disait quand je suis à côté de Griselda mon cœur défaille... Quimet et Cintet lui disaient qu'il avait la tête malade parce que l'amour l'affaiblissait, mais lui n'arrêtait pas de parler de sa Griselda, et vraiment il ne savait pas parler d'autre chose, à en devenir idiot, et pourtant je l'aimais beaucoup. Il disait que le jour de son mariage, le plus ému des deux c'était encore lui, que les hommes sont plus sensibles que les femmes, et que pour un peu il aurait tourné de l'œil au moment où ils se trouvaient seuls, Quimet se balançait doucement sur son fauteuil et riait dans sa barbe et avec Cintet ils lui conseillaient de faire un peu de sport, s'il se fatiguait un peu le corps il travaillerait moins du bonnet, parce que s'il passait ses journées à penser à la même chose, il finirait dans une chemise à longues manches attachées dans le dos par un nœud marin. Ils parlaient du genre de sport qui lui conviendrait, et lui disait que faire l'entrepreneur et courir d'un côté à l'autre pour surveiller le boulot, ça suffisait comme exercice et que si, en plus, il devait se fatiguer à jouer au football par exemple ou à nager à l'Astillero, il finirait par ne plus pouvoir contenter Griselda et elle s'en chercherait un autre qui lui en fasse davantage. Ils y revenaient souvent, mais si Mateu venait avec Griselda ils étaient tout gênés et finis les conseils. Ils se rabattaient sur la République, sur les pigeons et leur élevage. Parce que, dès qu'il voyait que la conversation tombait, Quimet emmenait tout le monde sur la terrasse et se mettait à parler de la vie des pigeons, et leur montrait ceux qui formaient des couples : il disait qu'il y en avait qui volaient la femme des autres, mais qu'il y en avait qui gardaient toujours la même, et que si les petits poussaient bien c'était parce qu'il leur donnait de l'eau soufrée. Et ils restaient des heures à discuter si Patchouli préparait le nid à la Tigrée et si le premier pigeon, celui qu'on avait trouvé en sang sur la galerie, avec ses petits yeux rouges et ses griffes noires, Café, avait eu la première fois des petits à pattes grises tout couverts de taches sombres. Quimet disait que les pigeons étaient comme des personnes, sauf qu'ils pondaient des œufs, qu'ils volaient et qu'ils étaient couverts de plumes, mais quand ils avaient des petits et qu'il leur fallait les nourrir, ils étaient pareils. Mateu disait qu'il ne tenait pas à avoir des animaux, que d'ailleurs il ne pourrait pas manger des pigeonneaux nés chez lui parce qu'il aurait l'impression, en les tuant, de tuer quelqu'un de sa famille. Quimet plantait un doigt dans son ventre et lui disait si t'avais bien faim...

Si les pigeons sont sortis du pigeonnier, si on les a laissé voler, ç'a été la faute de Cintet, il a dit que les pigeons devaient voler, qu'ils n'étaient pas faits pour vivre derrière des barreaux, mais pour vivre dans le bleu du ciel. Il leur a ouvert toute grande la porte et Quimet, la tête entre les mains, semblait pétrifié, on les reverra plus jamais.

Les pigeons, tout méfiants, sont sortis du pigeonnier les uns après les autres, comme si on leur avait tendu un piège. Certains, avant de s'envoler, se perchaient sur la balustrade et inspectaient les alentours. Ce qu'il y avait, c'est qu'ils n'étaient pas habitués à la liberté et qu'ils tardaient à se lancer. Trois ou quatre seulement ont fini par le faire. D'autres ont fini par les suivre, neuf en tout, les autres couvaient. Quand Quimet a vu que les pigeons volaient au-dessus de la terrasse et seulement là, il a perdu son teint jaune et a dit que tout allait bien. Quand les pigeons en ont eu assez de voler, ils sont descendus l'un après l'autre et sont rentrés dans le pigeonnier, comme des vieilles dans une église, à petits pas et la tête en avant en arrière comme des machines bien réglées. A partir de ce jour-là je n'ai plus pu mettre le linge à sécher sur la terrasse, les pigeons me le couvraient de crottes. Il m'a fallu l'étendre sur la galerie. Et encore heureux !

XV

Quimet a dit que le gosse avait besoin d'air et de route. Il en avait assez de la galerie, de la terrasse et du petit jardin de la mémé. Il a fait une sorte de berceau en bois et l'a accroché à la moto. Il attrapait le bébé — il avait quelques mois à peine — comme un paquet, l'attachait au berceau et emportait un biberon. Quand ils partaient je pensais que je ne les reverrais plus. Mme Enriqueta me disait que Quimet n'aimait pas les grandes démonstrations mais qu'il était fou de l'enfant. Que ce qu'il faisait, ça ne s'était jamais vu. Moi, dès qu'ils étaient partis, je montais ouvrir la fenêtre sur la rue pour entendre aussitôt les coups de klaxon de la moto lorsqu'ils reviendraient. Quimet tirait l'enfant de son berceau, il était presque toujours endormi, montait l'escalier quatre à quatre et me le donnait, tiens, il revient plein de santé et de vent. Il dormira pendant huit jours sans s'arrêter.

Et un an et demi après la naissance du petit, juste un an et demi après, une surprise ! De nouveau. J'ai eu une grossesse très mauvaise, toujours malade comme un chien. Quimet me passait parfois un doigt sous les yeux et disait, des violettes... des violettes.. ce sera une fille. Et moi, ça me faisait toujours mal de les voir partir avec la moto et Mme Enriqueta me disait que je devais me dominer, sinon, si je souffrais trop, l'enfant que je portais se placerait à l'envers et on devrait le tirer avec les fers. Et Quimet disait voyons voir si je casserais la colonnette, que si je la cassais encore, la nouvelle qu'il poserait serait renforcée avec une tige de fer. Et il disait que personne ne pouvait savoir combien il devait et devrait encore danser à la suite de ce bal de la place du Diamant. Des violettes... entre une violette et une autre violette, le petit nez de Colometa. Des violettes... des violettes.

Ç'a été une fille et on l'a appelée Rita. Pour un peu j'y serais restée, mon sang fuyait à flots et pas moyen de l'arrêter. Antoni a été jaloux de sa sœur et je devais le surveiller beaucoup. Un jour je l'ai trouvé grimpé sur un tabouret à côté du berceau : il enfonçait une toupie dans le cou de la petite et quand je suis arrivée elle était déjà à moitié morte, sa petite tête de noix de coco toute bleue... J'ai battu Antoni pour la première fois et trois heures après il pleurait encore, et la petite aussi, tous les deux morveux et à faire pitié. Pendant que je le frappais, Antoni, lui, qui était haut comme trois pommes, me flanquait des coups de pied, de toute sa rage, si fort qu'il en est tombé sur le cul. Je n'avais jamais vu quelqu'un d'aussi enragé que le petit pendant que je le battais. Si Cintet venait, ou Mateu et Griselda et si quelqu'un disait que Rita était très mignonne, le petit allait droit vers le berceau, grimpait comme il pouvait et la battait, lui tirait les cheveux. Il ne manquait plus que ça à la fille aux pigeons, disait Griselda, avec sa fille sur les genoux, une fille si jolie mais qui ne savait pas rire. Griselda était un être à part : blanche, avec un petit tas de grains de beauté au-dessus des joues. Et des yeux tranquilles couleur menthe. La taille fine. Toujours en soie. L'été, avec une robe couleur cerise. Une poupée. Elle parlait peu. Mateu la regardait et, en la regardant, il fondait... ça fait si longtemps qu'on est mariés... on ne dirait pas... Quimet disait, des violettes. Voyez-moi ces violettes... Colometa, violette. Car après la naissance de Rita, comme quand je l'attendais, j'avais le dessous des yeux qui était devenu bleu.

Pour distraire le petit jaloux Quimet lui a acheté un revolver tout brillant de nickel, avec une gachette, cric ! cric ! et un bâton d'agent en bois. Pour faire peur à mémé, il lui disait, quand mémé viendra, un bon coup de bâton et un coup de feu ! Quimet était très fâché contre sa mère parce qu'elle apprenait au petit à dire qu'il avait le mal de mer et ne voulait pas monter sur la moto. Il disait que sa mère le traitait comme une fille, que c'était une vieille manie chez elle et voyons où ça va nous mener. Le petit avait appris à boiter car il entendait Quimet se plaindre de sa jambe. Il était resté quelque temps sans en parler, mais quand j'ai eu Rita ça l'a repris, cette nuit elle était brûlante, tu ne m'as pas entendu gémir ? Et le petit l'imitait. Il disait que sa jambe lui faisait mal les jours où il n'avait pas faim. Il lançait son assiette de soupe en l'air et, raide comme un juge, sur sa grande chaise, il tapait avec sa fourchette si je tardais à lui donner ses boulettes de foie, c'est ce qu'il mangeait avec le plus de plaisir ; mais quand il n'avait pas faim il les jetait aussi. Quand Mme Enriqueta ou la mère de Quimet venait me voir, il se mettait devant et les tuait à coups de revolver. Un jour que Mme Enriqueta a fait semblant d'avoir été tuée, le petit s'est tellement excité qu'il n'arrêtait plus de la tuer. On a dû l'enfermer dans la galerie pour pouvoir faire la causette.

XVI

Et alors il est arrivé cette chose. Quimet, des fois, avait comme une sorte d'angoisse. Il disait j'ai de l'angoisse, et il ne parlait plus de sa jambe mais de l'angoisse qu'il éprouvait un moment après avoir mangé ; n'empêche qu'il avait bon appétit. Quand il se mettait à table tout allait bien, et dix minutes après avoir mangé, l'angoisse le prenait. Il y avait moins de travail à l'atelier et je pensais que peut-être il disait qu'il avait de l'angoisse pour ne pas avouer qu'il était embêté à cause du travail... Un matin en défaisant le lit j'ai trouvé, du côté où dormait Quimet, un bout de ruban, comme un bout d'intestin dont les bords ondulaient. Je l'ai enveloppé dans du papier à lettre et quand Quimet est venu je le lui ai montré, il a dit qu'il l'emporterait et le montrerait au pharmacien, et que si c'était un bout d'intestin il était perdu. L'après-midi, je n'y tenais plus et avec les enfants je suis allée à l'atelier. Quimet s'est fâché et a demandé ce qu'on venait faire, je lui ai dit qu'on ne faisait que passer, mais il a compris et il a envoyé l'apprenti acheter des chocolats pour les enfants. Dès que l'apprenti a refermé la porte il m'a dit : je ne veux pas que ce garçon le sache, parce qu'au bout de cinq minutes même les pierres le sauraient. Je lui ai demandé ce qu'on lui avait dit à la pharmacie et il m'a dit qu'on lui avait dit qu'il avait un ver solitaire phénoménal, des plus gros qu'on ait jamais vus. Et qu'on lui avait donné un remède pour le tuer. Et il a dit, quand le garçon reviendra avec les chocolats, partez tout de suite, ce soir on aura tout notre temps pour en parler... Le garçon est revenu avec les chocolats, Quimet en a donné au petit, à la petite, juste un peu pour qu'elle le lèche, et on est rentrés à la maison. Le soir, en arrivant, il a dit sers vite à dîner, à la pharmacie on m'a dit que je devais manger beaucoup pour que ça ne soit pas le ver qui me mange. Après le dîner c'est moi qui m'en faisais sacrément, je ne tenais pas en place, il a dit que le dimanche il prendrait le remède et que l'idéal c'était de faire le ver entier, depuis la tête jusqu'au bout de la queue, sinon il repousserait encore plus long qu'avant. Je lui ai demandé si on lui avait dit quelle longueur avait ces sortes de vers et il m'a dit que ça dépendait selon l'âge et l'espèce, mais généralement le cou à lui tout seul mesurait dans les deux mètres.

Cintet et Mateu sont venus voir comment il prenait le remède et il leur a dit de s'en aller, qu'il avait besoin d'être seul. Deux heures plus tard il marchait dans le couloir sans savoir où se fourrer, d'un côté à l'autre, et il a dit c'est pire que si j'étais sur un bateau. Il grognait : s'il rendait le remède, ce serait peine perdue, le ver lui faisait la guerre pour qu'il rende le remède. Les enfants dormaient déjà comme des petits anges et moi j'avais du mal à garder les yeux ouverts et je ne tenais plus debout de sommeil quand il a fait le ver. On n'en avait jamais vu : il avait la couleur des pâtes alimentaires sans œufs et on l'a gardé dans un bocal à confiture transparent, dans l'alcool. Cintet et Quimet l'ont placé de telle sorte que devant il y ait le cou bien enroulé, il était fin comme un fil de soixante-dix, la tête en haut, petite comme une tête d'aiguille de machine à coudre ou même plus. On l'a mis sur une armoire et on en a parlé pendant plus d'une semaine. Quimet disait que lui et moi on était maintenant à égalité, parce que moi j'avais fait les enfants et que lui il avait fait un ver de quinze mètres. Un après-midi l'épicière est venue le voir et elle a dit que son grand-père l'avait eu lui aussi et que la nuit, en ronflant, il s'étranglait et toussait parce que le ver remontait jusqu'à sa bouche. Après on est allé voir les pigeons sur la terrasse, ils lui ont beaucoup plu et elle est repartie contente. Dès que j'ai ouvert la porte j'ai entendu brailler la petite, je l'ai trouvée désespérée dans son berceau, agitant furieusement les bras, toute enveloppée par le ver ; quand je l'en ai eu débarrassée, au moment où je sortais pour flanquer la fessée au petit il m'a passé sous le nez en courant et en riant et il traînait un bout de ver comme si ç'avait été un serpentin. La rage que Quimet a piquée, je ne sais pas comment dire. Il voulait battre le petit, mais je lui ai dit de laisser tomber, c'était notre faute, on aurait dû mettre le bocal plus haut. On le savait bien, depuis le jour où il avait enfoncé la toupie dans le cou de Rita, qu'avec le tabouret il pouvait atteindre presque partout. Cintet lui a dit de ne pas s'en faire, que peut-être il aurait bientôt un autre ver dans le bocal, un ver qui était en train de pousser. Et puis non.

XVII

Le travail allait mal. Quimet disait que le travail lui tournait le dos mais que tout finirait par s'arranger, que les gens étaient inquiets et pensaient à autre chose qu'à faire réparer leurs meubles ou à en commander de neufs. Que les riches râlaient après la République. Et mes petits, mes petits... Je ne devrais pas le dire, on sait bien qu'une mère exagère toujours, mais c'étaient deux fleurs. Ils n'auraient pas remporté un premier prix, mais c'étaient deux fleurs. Ils avaient des yeux... des yeux qui vous regardaient et quand ils vous regardaient avec ces yeux-là... Je ne sais pas comment Quimet avait le courage de gronder le petit si souvent. Moi je le grondais parfois, mais seulement quand il avait fait une très grosse bêtise ; autrement, je lui passais tout. La maison n'était plus comme avant, comme au début de notre mariage. Par moments, pour ne pas dire toujours, on se serait cru aux Puces. Et ne parlons pas du temps où on a fait le pigeonnier, là c'était vraiment dingue, tout était sale de sciure, de copeaux et de clous tordus... Le travail tournait le dos et on avait tous très faim, et Quimet c'était encore une chance si je le voyais, lui et Cintet je ne sais pas ce qu'ils bricolaient. Je ne pouvais pas rester les bras croisés et un jour j'ai décidé de chercher du travail, un travail qui ne me prenne que le matin. J'enfermerais les enfants dans la salle à manger, je ferais la leçon au petit, si je lui parlais comme on parle à une grande personne il m'écoutait, et puis un matin c'est vite passé.

Je m'en suis remise à Mme Enriqueta. Je m'y suis présentée seule et en tremblant ; pas chez Mme Enriqueta, chez les gens que m'a indiqués Mme Enriqueta, des gens qui avaient besoin d'une femme de ménage le matin. J'ai sonné. J'ai attendu. J'ai sonné encore. J'ai encore attendu. Et quand j'avais l'impression que ça sonnait dans une maison vide, j'ai entendu une voix, au moment où passait un camion et dans ce vacarme je n'ai pas entendu ce que disait la voix. J'ai attendu. C'était une grille haute, en fer, avec du verre dépoli et, dans le verre dépoli qui avait des bulles pour faire joli, j'ai vu un bout de papier collé avec du papier collant qui disait : Sonnez à la porte du jardin. J'ai sonné de nouveau et de nouveau j'ai entendu la voix, qui venait d'une fenêtre à côté de la grille : d'une fenêtre qui était au ras du sol, juste sous une autre fenêtre garnie de barreaux de fer, de haut en bas. La fenêtre à ras de terre avait elle aussi des barreaux et, en plus, derrière les barreaux il y avait une grille comme celle d'un poulailler, mais en plus fin. La voix disait allez jusqu'au coin de la rue et tournez !

Sur le coup je suis restée plantée là, à réfléchir, j'ai relu le papier aux lettres déformées par les bulles de verre et j'ai fini par comprendre un peu, je suis allée mettre le nez au coin de la rue parce que la maison faisait coin, et cinquante mètres plus loin j'ai vu la porte d'un jardin entrouverte et un monsieur debout vêtu d'un cache-poussière qui me faisait signe de la main. Ce monsieur au cache-poussière était grand et avait des yeux très noirs. Il m'a fait l'effet d'un brave homme. Il m'a demandé si j'étais la dame qui voulait faire des ménages le matin. Je lui ai dit que oui. Pour descendre dans le jardin il y avait quatre marches en briques un peu usées aux angles et, au-dessus, un dais de jasmin très touffu, de ce jasmin à petites étoiles qui, dès que le soleil se couche, vous chavire tellement il sent fort. J'ai vu une cascade à gauche, contre le mur du fond et, au milieu du jardin, un jet d'eau. Avec le monsieur au cache-poussière on est montés vers la maison qui, vue par-derrière, avait un rez-de-chaussée et un étage alors que par-devant elle n'avait qu'un sous-sol et un rez-de-chaussée. Dans ce jardin, long et étroit, il y avait deux mandariniers, un abricotier, un citronnier qui avait le tronc et le dessous des feuilles couvert d'une sorte de maladie qui faisait une enflure en toile d'araignée dans laquelle se cachait la bête ; devant ce citronnier il y avait un cerisier et, à côté de la cascade, un mimosa grand et dégarni atteint de la même maladie que le citronnier. Tout cela je l'ai remarqué plus tard, bien entendu. Avant d'entrer dans la maison on traversait une courette cimentée avec un trou au milieu pour l'écoulement de l'eau de pluie. Le ciment était tout fendillé et dans les fentes il y avait de petits tas de terre et de sable d'où sortaient les fourmis en rangs comme des soldats. C'est elles qui faisaient les petits tas de sable. Le long du mur mitoyen du jardin il y avait quatre tonneaux avec des camélias atteints d'une espèce de maladie aussi, et, de l'autre côté, un escalier pour monter à l'étage. Sous l'escalier, un bassin et un puits avec une poulie. Passé la courette on entrait dans une galerie couverte dont le plafond était le sol de la galerie découverte de l'étage, c'est-à-dire du rez-de-chaussée si on entrait par la rue. Sur la galerie d'en bas s'ouvraient deux portes-fenêtres : par l'une on entrait dans la salle à manger et par l'autre dans ia cuisine. Je ne sais pas si je me fais bien comprendre. Avec le monsieur au cache-poussière, qui était le gendre de la maison et le patron, on est entrés dans la salle à manger. Il m'a priée de m'asseoir sur une chaise contre le mur. Au-dessus de ma tête j'avais une fenêtre arquée qui arrivait jusqu'au plafond, mais cette fenêtre était juste au niveau de la rue où se trouvait la porte du jardin par où j'étais entrée. Je n'ai pas été plus tôt assise qu'une dame est entrée dans la salle à manger, elle avait les cheveux blancs, c'était la belle-mère du monsieur au cache-poussière, et elle s'est assise devant moi ; mais entre nous on avait la table avec, dessus, un pot de fleurs qui me cachait un peu la dame aux cheveux blancs. Le monsieur au cache-poussière est resté debout et, de sous un fauteuil en osier garni de coussins en cretonne, est sorti un enfant maigre, au teint jaune, qui est allé se mettre à côté de la dame, qui était sa grand-mère, et il nous dévisageait l'un après l'autre. C'est le monsieur au cache-poussière qui m'a fait ses conditions. Il m'a dit qu'ils étaient quatre : le ménage de ses beaux-parents et le ménage des jeunes, lui et sa femme, la fille des beaux-parents, c'est-à-dire que sa femme et lui vivaient avec les beaux-parents, autrement dit les parents de sa femme, il m'a dit. Et le monsieur au cache-poussière, tout en parlant, touchait sa pomme d'Adam, et il a dit il y a des maisons qui n'emploient une femme de ménage qu'un jour sur cinq. Et que ces maisons, pour quelqu'un qui voudrait un salaire régulier, n'étaient pas intéressantes, la personne qui y travaillait ne savait jamais sur quel pied danser. Donc le salaire était de trois réaux l'heure, mais comme chez eux on offrait un travail régulier et toute l'année et qu'ils étaient bons payeurs et que je n'aurais jamais à réclamer deux fois mon dû et que si je voulais on me réglerait tous les jours au moment de partir, donc on me donnerait dix réaux pour les quatre heures au lieu de douze. C'était comme si au lieu de leur vendre mon travail au détail, car je leur vendais mon travail, je le leur vendais en gros et les grossistes, c'est bien connu, consentent toujours un rabais. Il a ajouté que tout le monde le connaissait comme un bon payeur, un meilleur payeur que quiconque, qu'il n'était pas comme ces malheureux qui, à la fin du mois, se sont déjà endettés pour le mois suivant. Il m'a mis une tête comme un chaudron et on est tombés d'accord pour les dix réaux et alors la dame, qui n'avait rien dit pendant tout ce temps, a dit que, pour commencer, elle me montrerait la maison.

XVIII

La cuisine, à côté de la salle à manger, s'ouvrait aussi sur la galerie et au-dessus des fourneaux il y avait une hotte de cheminée comme dans les cuisines d'autrefois, et cette hotte de cheminée, même si elle ne servait pas puisqu'on faisait la cuisine au gaz, était sûrement pleine de suie et quand il allait pleuvoir il en tombait des paquets sur les fourneaux. Au fond de la salle à manger il y avait une porte vitrée qui donnait sur un couloir et dans ce couloir il y avait une armoire ancienne très haute et très large, et, lorsque la maison était calme, c'était une vraie sérénade de vers. Cette armoire était la salle à manger des vers. Des fois on les entendait même de bon matin, et je l'ai dit à la dame :

— Plus tôt ils l'auront mangée mieux cela vaudra !

Alors par le couloir à l'armoire on est allées dans une salle avec alcôve qu'ils avaient modernisée, ils avaient enlevé la porte vitrée et les deux pièces n'étaient plus séparées que par l'arc des montants. Dans cette salle avec alcôve il y avait une autre armoire en acajou noir à la glace toute piquée. Juste sous la fenêtre qui arrivait au plafond comme celle de la salle à manger d'où était venue la voix de Madame quand elle m'avait dit de tourner au coin de la rue, il y avait une coiffeuse dont la glace était aussi piquée et, sur un côté, un lavabo neuf avec un robinet en nickel. Dans l'alcôve il y avait, de chaque côté, des étagères jusqu'au plafond, pleines de livres et, au fond, une armoire-bibliothèque, en bois dans la partie supérieure et vitrée au-dessus, et une des vitres était toute cassée. La dame m'a dit que c'était sa fille qui l'avait cassée, la maman du petit garçon pâlot qui nous suivait partout, et qu'elle l'avait cassée en tirant avec un revolver à air comprimé que le père Noël avait apporté au petit : un revolver à air comprimé qui lançait des ventouses. Pour sûr que la fille, qui devait être assez étourdie voulait toucher la lampe qui pendait au-dessus de la table, mais comme elle ne savait pas tirer, au lieu de la lampe elle avait touché la vitre de l'armoire à livres.

— Vous vous rendez compte, a dit la dame.

Au milieu de l'alcôve il y avait une table avec un drap de lit brûlé par le fer à repasser, où le mari de la dame aux cheveux blancs qui était le seul de la famille à travailler et que je n'ai pour ainsi dire pas vu pendant tout le temps que j'y suis restée, lisait la nuit : c'était sur cette table aussi qu'on repassait. Le mur du lavabo et le mur de la fenêtre étaient couverts d'un duvet de moisissure parce que, comme on était au sous-sol, quand il pleuvait l'eau s'infiltrait et coulait dans le mur. A côté de cette pièce, au fond du couloir où se trouvait l'armoire vermoulue, la dame a ouvert une petite porte : la salle de bains. La baignoire, ils l'appelaient la baignoire de Néron. Elle était carrée, en très vieux carreaux de Valence mal ajustés et dont beaucoup étaient cassés. La dame m'a dit qu'ils ne se baignaient qu'en plein été, rien que des douches, pour remplir la baignoire il leur aurait fallu vider la mer. Au-dessus de la baignoire il y avait une faible clarté, elle entrait par une trappe vitrée, laquelle donnait sur l'entrée d'en haut où se trouvait la grille avec le papier fixé par des bandes de papier gommé. Cette trappe, ils l'ouvraient de temps en temps pour aérer la salle de bains et ils la faisaient tenir en la calant avec un bambou. J'ai demandé ce qui arriverait si pendant qu'une grande personne se baignait le petit ouvrait la trappe et regardait. La dame a dit ne m'en parlez pas. Le plafond et le pan de mur au-dessus des carreaux de Valence, mais qui n'était pas couvert de carreaux, étaient comme la salle et l'alcôve, couverts d'un duvet de moisissure qui, vu de près, brillait comme du verre. Mais le pire, elle a dit, c'était que cette baignoire n'en finissait pas de se vider, parce que le niveau des égouts de la rue était un peu plus élevé que le niveau où se trouvait la baignoire et des fois, si le vide des égouts n'aspirait pas l'eau, il fallait vider la baignoire à la casserole ou à la serpillière. Alors on est montées au rez-de-chaussée, ou au premier si on veut, par un escalier en colimaçon. Au milieu de l'escalier il y avait une fenêtre qui s'ouvrait sur la rue où se trouvait la petite porte du jardin ; c'est par cette fenêtre, quand tout le monde était en haut, qu'on criait aux personnes qui sonnaient à la petite porte du jardin de monter et d'entrer par la grille avec le papier fixé par des bandes de papier gommé. Du milieu de l'escalier on voyait le dessus de l'armoire vermoulue, couvert de poussière. On est arrivées dans l'antichambre, le gosse nous suivait toujours. On s'est trouvées devant une caisse en bois sombre toute sculptée, et un porte-parapluies en forme de parapluie ouvert vers le haut, tout plein de linge et de vieux chapeaux. La caisse aurait beaucoup plu à Quimet. Je l'ai dit à la dame et elle m'a demandé, en suivant du doigt le dessin du couvercle, vous savez ce que cela représente ?

— Non, Madame.

Au milieu du couvercle il y avait un jeune homme et une jeune fille, rien que la tête, avec un nez très gros et des lèvres en avant ; ils se regardaient. La dame a dit cela représente l'éternel problème, et elle a ajouté, l'amour. Et ça a fait rire le gosse.

On est entrées dans une pièce qui avait une grande fenêtre donnant sur la rue, juste au-dessus de cette fenêtre par où la dame m'avait crié de sonner à la porte du jardin. C'était aussi une salle avec une alcôve, modernisée. Il y avait un piano noir et deux petits fauteuils en velours rose et un meuble aux pieds bizarres et hauts, avec des sabots de cheval. La dame m'a dit qu'elle avait fait faire ces pieds par un menuisier pour soutenir le meuble, un coffre avec des incrustations de nacre sur les tiroirs et elle a dit que c'étaient des pattes de faune. Le lit dans l'alcôve était ancien, plein de métal doré et une seule colonne de chaque côté, au pied. Au chevet, dans une petite chapelle, les mains liées, en bois et le visage amer, il y avait un Christ à la tunique rouge et or. La dame a dit que cette chambre était celle des jeunes mais que c'était son mari et elle, autrement dit les vieux, qui y dormaient, parce que sa fille n'arrivait pas à trouver le sommeil avec toutes ces automobiles qui n'arrêtaient pas de monter et de descendre et qu'elle préférait dormir dans la chambre de derrière qui donnait sur le calme du jardin. A côté du lit au Christ il y avait une petite porte de communication donnant dans une chambre sans fenêtre, avec un lit garni d'une moustiquaire bleue ; il n'y avait pas de place pour autre chose et c'est là que dormait le gosse qui nous suivait. On est allées au salon. J'ai tout de suite remarqué une caisse toute dorée, dorée et bleue, avec des écussons en couleurs tout autour de la partie inférieure et, sur le couvercle soulevé, une sainte Eulalie toute penchée, tenant un lis à la main, et un dragon à côté avec la queue enroulée au-dessus d'une montagne dénudée, la gueule grande ouverte d'où sortaient trois langues de feu, trois grandes flammes. Un coffre de mariée, m'a dit la dame, gothique. Devant la caisse il y avait une porte-fenêtre ouvrant au-dessus de la fenêtre de la salle à manger qui touchait le plafond. A droite, en sortant de la chambre du gosse, une autre porte-fenêtre donnait sur la galerie supérieure, découverte. Elle n'a pas pu me montrer la chambre des jeunes, c'est-à-dire celle des vieux, parce que sa fille se reposait. La dame et le gosse se sont mis à marcher sur la pointe des pieds, et moi aussi. On est sortis sur la galerie découverte du rez-de-chaussée, c'est-à-dire de l'étage, et par l'escalier qu'il y avait au-dessus du puits et du bassin, on est descendus dans la cour cimentée, toujours pleine de quilles, parce que le gosse aimait s'y amuser. La dame m'a raconté que sa fille avait besoin de repos parce qu'elle avait une maladie, elle m'a expliqué la maladie dont souffrait sa fille : elle l'avait attrapée en changeant de place les pots de camélias. Le lendemain, elle avait fait du sang. Le médecin leur avait dit qu'il ne saurait de quelle maladie souffrait sa fille que le jour où il pourrait tenir un de ses reins dans sa main. Et ça, le médecin, pas le leur, parce qu'il était en vacances, le leur avait dit en sortant, sur les marches de marbre de l'entrée principale, à côté de la trappe d'aération qui ouvrait juste au-dessus de la baignoire en carreaux de Valence. Et avant que je m'en aille elle m'a montré comment ouvrir, de la rue, la porte du jardin. La partie inférieure de la porte était en fer et au-dessus il y avait des barreaux. Mais comme les enfants jetaient des saletés dans le jardin, une fois même un lapin mort et tout, le gendre, c'est-à-dire le monsieur au cache-poussière, avait bouché la grille avec des planches : les barreaux et la serrure étaient restés côté rue ; côté jardin on ne voyait que le trou de la serrure. Cette porte s'ouvrait, côté rue, quand elle n'était pas fermée à clé, ce qu'on ne faisait que la nuit, en tirant sur le verrou, puis on glissait la main dans la fente qu'on avait faite et on ôtait l'anneau d'une chaîne passée dans un crochet fixé dans le mur. C'était simple mais il fallait le savoir. Si je parle tant de la maison c'est que je la vois encore comme un vrai casse-tête chinois, et les voix de ces gens, quand ils m'appelaient, je ne savais jamais d'où elles venaient.

XIX

Quimet m'a dit que si je voulais travailler c'était mes oignons, et que lui, de son côté, tâcherait de faire prospérer l'élevage des pigeons. En vendant des pigeons on deviendrait riches. Je suis allée chez Mme Enriqueta lui expliquer la visite que j'avais faite chez mes futurs patrons. Et chemin faisant, les rues, qui n'avaient pas bougé, me paraissaient étroites. Le petit, en arrivant, a tout de suite grimpé voir les langoustes. Mme Enriqueta m'a dit qu'elle me garderait les enfants, qu'elle les emmènerait au coin du Smart et les ferait asseoir sur de petites chaises à côté d'elle. Antoni est descendu de la chaise où il était perché et, comme s'il comprenait tout, a dit qu'il voulait rester à la maison. J'ai dit à Mme Enriqueta que le petit, à la rigueur, elle pourrait le faire rester assis, parce que lorsqu'il le voulait il était obéissant, mais que Rita, la pauvre, était trop petite pour rester toute la matinée dans la rue. Avec le bruit de la conversation Rita s'était endormie sur mes genoux et le petit avait regrimpé sur sa chaise, il n'en avait que pour les langoustes. Il bruinait. Je ne sais pas comment ça se faisait, mais chaque fois que j'allais voir Mme Enriqueta c'était bien rare s'il ne pleuvait pas. Les gouttes couraient sur le fil de fer du séchoir, puis les plus gonflées s'étiraient, prenaient la forme d'une larme et tombaient.

Le jour où j'ai pris mon travail dans la maison sous-sol, la bonne blague ! J'étais en train de faire la vaisselle, tout à coup l'eau s'est arrêtée de couler. Le monsieur au cache-poussière, averti par la dame, est venu dans la cuisine, l'air très distingué, a ouvert le robinet et quand il a eu constaté qu'il n'en tombait pas une seule goutte il a dit qu'il montait sur la terrasse voir ce qui se passait, parce que des fois, comme ils gardaient le réservoir à moitié ouvert pour pouvoir vérifier à tout moment si l'eau arrivait bien, une feuille morte bouchait le trou d'écoulement. La dame m'a dit en attendant de faire la poussière dans la salle à manger. Et moi je pensais que, justement, mes enfants étaient enfermés dans la salle à manger, parce que Quimet lui aussi avait dit que Mme Enriqueta ne pouvait pas les garder, qu'elle serait distraite, peut-être même que le petit pourrait lui échapper et irait se faire écraser au milieu de la chaussée. Pendant que j'ôtais la poussière avec un chiffon, parce que la dame disait que les plumeaux ne font que la faire voler, qu'on n'a pas plus tôt le dos tourné qu'elle est de nouveau à l'endroit d'où on venait de l'enlever, sa fille est descendue, m'a saluée et j'ai trouvé que son visage respirait la santé. La dame m'a dit de tirer un seau d'eau du puits pour laver la fenêtre qui touchait le plafond ; comme elle était au niveau de la rue et que les voitures et les camions passaient sans arrêt, elle était toujours couverte de poussière et, quand il pleuvait, de boue : une éclaboussure suivait l'autre et j'étais constamment sur la brèche. Le monsieur au cache-poussière est descendu de la terrasse et, du palier de l'escalier en colimaçon qui débouchait dans l'antichambre, a crié que l'eau n'arrivait pas, que le réservoir n'était pas bouché mais que l'eau ne montait pas parce qu'il devait y avoir quelque chose dans la canalisation de la rue. Alors la dame m'a dit que j'aurais à tirer quelques seaux d'eau de plus pour finir la vaisselle et pourtant l'eau du puits ne lui disait rien, à elle, elle ne pouvait pas s'empêcher de penser qu'un jour ou l'autre on y avait jeté un homme pour le noyer. Mais on risquait que la compagnie des eaux tarde deux ou trois jours à envoyer quelqu'un et on ne pouvait pas se permettre de rester tout ce temps avec la vaisselle sale. Avec quelques seaux d'eau de plus j'ai pu finir de faire la vaisselle, la dame l'essuyait à mesure. Sa fille avait disparu. Et je suis allée faire les lits. Je suis montée par l'escalier du jardin, au-dessus du bassin. Le gosse jouait avec le jet d'eau, il s'imaginait qu'on ne le voyait pas et il a jeté une poignée de sable dedans ; c'est alors qu'il m'a vue. Il est resté comme pétrifié, pâle, même ses yeux ne bougeaient pas. Pendant que je faisais le lit de la chambre de devant, celle dont la porte-fenêtre ouvrait au-dessus de la fenêtre d'où était venue, la première fois, la voix qui m'avait dit d'entrer par le jardin, la dame a appelé de la salle de bains, et la voix venait de la trappe du vestibule, c'était pour ouvrir la petite armoire du gaz, j'y trouverais une carte pliée, il fallait que je la mette sur l'écriteau qui disait d'entrer par le jardin parce que si l'homme de la compagnie devait faire le tour, peut-être que ça le mettrait en boule si on lui faisait faire une telle excursion. La carte qui couvrait l'écriteau tenait grâce au pli, c'était fait exprès pour qu'on n'ait pas à coller et à décoller l'écriteau chaque fois. J'ai glissé la carte entre le verre et l'écriteau et ça tenait très bien, en effet. La dame est montée voir si j'avais compris et m'a montré que les vitres de la grille se détachaient des barreaux au moyen de petits verrous, comme ça on pouvait facilement les laver mais des fois ces verrous se coinçaient à cause de la poussière et il fallait les décoller à coups de marteau. C'était très pratique de pouvoir séparer les vitres de la grille, sinon ç'aurait été tout un problème d'avoir à nettoyer les vitres en passant les doigts par les barreaux. Cette grille, c'était un serrurier de Sants qui la lui avait faite, bien que son serrurier à elle fût de Sant Gervasi. Mais celui de Sants, son gendre, avait pu le rouler en lui racontant qu'il était entrepreneur, qu'il avait besoin de cinquante grilles pour un groupe de maisons qu'il bâtissait et que celle-ci servirait de modèle. Chose qu'il n'aurait pas pu raconter au serrurier de Sant Gervasi qui le connaissait et savait qu'il vivait de ses rentes. Cette grille, il l'avait eue à l'œil, ou presque, et le serrurier de Sants attendait toujours la grosse commande. Je n'ai pas entendu Monsieur rentrer, il avait dû passer par le jardin. A une heure on m'a payée et je suis rentrée à la maison en courant, en traversant la Grand-Rue, j'ai failli me faire écraser par un tram, il a bien fallu qu'un ange me protège. Les enfants n'avaient pas fait de bêtises. Rita dormait à même le sol et le petit, en me voyant, s'est mis à pleurnicher.

XX

L'employé de la compagnie est venu le lendemain à 10 heures. C'est moi qui suis allée lui ouvrir. Aussitôt le patron est monté et a dit, d'un air très triste, nous manquons d'eau depuis hier, nous n'avons pas pu baigner le petit et il a passé une très mauvaise nuit...

L'employé, qui était gros et portait la moustache, a levé la tête tout en dévissant le robinet dans la trappe de la rue et a rigolé. Ils sont montés tous les deux sur la terrasse pour contrôler le débit et en redescendant Monsieur a donné un pourboire à l'employé, qui a replacé la trappe et est parti. Je suis descendue par l'escalier en colimaçon et mon patron, qui était descendu par l'escalier du jardin, a demandé une bouteille d'un litre, vide, et m'a dit de l'accompagner sur la terrasse pour mesurer le débit, parce que l'employé l'avait mesuré à la va-vite, et il avait l'impression que l'employé était un brave homme et qu'il avait laissé le double du débit voulu. On est montés sur la terrasse, je tenais la bouteille et il regardait sa montre. Une dame, sur la terrasse voisine, l'a salué et ils se sont mis à bavarder. C'était une locataire, parce que la maison d'à côté, qui était moins bien que celle où j'étais, lui appartenait aussi. Quand la bouteille a été pleine je l'ai appelé, il est venu vite, il avait son cache-poussière qui volait derrière lui, il a regardé sa montre et a dit que jamais ils n'avaient eu tant d'eau : avant, la bouteille mettait six minutes à se remplir et à présent trois et demie seulement. Le soir, avant de m'endormir, j'ai raconté l'histoire de la grille à Quimet et il a dit plus les gens sont riches, plus ils sont radins.

Au bout de deux jours je suis entrée dans la maison sans frapper, en tirant le verrou et en enlevant la chaîne. J'ai trouvé la vieille dame et son gendre assis dans les fauteuils en osier devant la porte-fenêtre. J'ai vu tout de suite que le monsieur au cache-poussière avait un œil au beurre noir. Je me suis enfilée dans la cuisine pour faire la vaisselle, on gardait toute celle de la veille, et la dame est venue me tenir compagnie.

Elle m'a expliqué qu'ils avaient eu une histoire et m'a demandé si j'avais remarqué l'œil de son gendre, je lui ai dit que c'était la première chose que j'avais vue. Elle m'a raconté qu'ils avaient loué un hangar et que leur locataire y avait monté une petite fabrique de chevaux de carton. Son gendre avait appris que le locataire, avec ses chevaux de carton, gagnait très bien sa vie et il avait pensé augmenter le loyer. Il s'y était présenté à l'heure du repas et il les avait trouvés à table, on voyait bien que c'était là qu'ils mangeaient et qu'ils habitaient, dans le hangar où ils travaillaient, il y avait le lit et la table dans un coin. Aussitôt son gendre a présenté la quittance avec l'augmentation, le locataire a dit qu'on n'avait pas le droit de l'augmenter, le gendre a dit que si et le locataire que non, bref, le locataire s'est fâché tout rouge, a attrapé un os de gigot qui était dans son assiette et l'a lancé sur le gendre et il avait fallu qu'il le reçoive en plein dans l'œil. La dame a ajouté : quand vous êtes entrée, nous parlions d'aller voir un avocat. Et à ce moment on a sonné et la dame m'a priée d'aller ouvrir, elle n'avait pas encore eu le temps de faire sa toilette. Je lui ai demandé de quelle sonnerie il s'agissait, je ne m'y retrouvais pas ; la dame m'a dit que c'était la sonnerie du jardin que j'avais entendue, elle sonnait dans la galerie, tandis que celle de l'entrée principale sonnait juste au-dessus de l'escalier de l'antichambre. Elle m'a dit si on vient pour l'annonce du journal vous leur dites que nous ne louons qu'à un ménage sans enfants et que la villa a trois étages. Si ça va, vous m'appelez, on les fera entrer et j'appellerai mon gendre qui donnera les explications complémentaires et fixera les conditions. Ouvrez la porte doucement : elle s'ouvre vers l'extérieur et vous pourriez leur faire du mal.

Je suis allée ouvrir et je me suis trouvée en présence d'un monsieur et d'une dame très bien habillés, d'un certain âge, très nets. Ils ont dit qu'ils avaient laissé la voiture devant l'entrée principale, ils avaient longtemps essayé de sonner jusqu'à ce que, par hasard, ils aient vu l'écriteau. Alors ils avaient sonné à la porte du jardin.

— Nous venons pour l'annonce, la villa, vous savez ?

Le monsieur m'a donné une coupure de journal soigneusement découpée et m'a dit de lire. J'ai essayé mais je n'y ai rien compris parce qu'il y avait seulement une lettre et un point. Une autre lettre et un autre point. Deux lettres et un point. Et l'adresse. Et encore des lettres et des points, et aucun mot en entier. Je n'y ai rien compris, je leur ai rendu la coupure et leur ai dit que les propriétaires ne voulaient pas d'enfants. Le monsieur m'a dit que la villa était pour son fils, qui en avait trois, et que, c'était bien naturel, s'il voulait louer une villa c'était justement parce qu'il avait des enfants. Il m'a demandé, sur un ton mi-fâché mi-ironique, que voulez-vous qu'il fasse de ses enfants, mon fils ? Qu'il fasse appel à Hérode ?

Il est parti sans dire seulement au revoir. La patronne m'attendait près du jet d'eau au milieu duquel il y avait un enfant en pierre, assis, avec un chapeau de paille vert et bleu, délavé, et il tenait un bouquet de fleurs. L'eau jaillissait du cœur d'une marguerite. Son gendre, debout sur la galerie, nous regardait tout en se brossant les dents, une serviette autour du cou : le robinet du lavabo n'avait plus de joint et on l'avait entortillé avec une ficelle pour qu'il ne coule pas sans arrêt. Alors il se lavait à la cuisine. J'ai expliqué à la dame qu'il s'agissait d'un vieux couple et que le fait de ne pas vouloir d'enfants ne leur avait pas plu du tout. Je lui ai dit qu'ils avaient longtemps sonné en haut et que ça ne fonctionnait pas. Elle a dit que des fois il y avait des gens agaçants : ils avaient beau lire l'écriteau, ils se suspendaient à la sonnette ; alors, eux, ils coupaient le courant et on pouvait toujours sonner. En attendant que Monsieur ait fini de se brosser les dents on a regardé le poisson rouge dans le bassin : il s'appelait Balthasar, on l'avait offert au petit le jour des Rois et c'est pour ça qu'il s'appelait ainsi. J'ai demandé à ma patronne pourquoi ils ne voulaient pas d'enfants dans la villa et elle a dit que c'était parce que les enfants cassaient tout et que son gendre ne voulait pas en entendre parler. On est revenues vers la maison, et on était encore dans la cour cimentée, dring ! la sonnette du jardin. Pour l'annonce. J'ai couru ouvrir et c'était un jeune homme, la première chose qu'il m'a dite c'est que cette maison n'avait ni tête ni queue, qu'on donnait une adresse et ensuite on vous faisait courir au diable.

Mes patrons avaient toujours des maisons à louer et c'est moi qui sortais d'abord raconter l'histoire des enfants. Comme ils étaient tellement exigeants, il arrivait que la maison reste sans locataires pendant trois ou quatre mois.

J'ai décidé d'emmener les enfants chez Mme Enriqueta parce que je n'étais pas tranquille. Elle a dit oui tout de suite et, la petite, elle l'a attachée à sa chaise avec un cache-nez. Elle a dit que j'aurais dû les lui confier dès le premier jour. Je lui ai recommandé de ne pas leur donner de cacahuètes pour qu'ils n'attrapent pas d'indigestion et, de leur côté, je leur ai fait promettre de ne pas en demander, autrement ils n'auraient pas eu faim au moment du déjeuner. Ça n'a pas duré. Le petit devenait renfermé et n'arrêtait pas de dire qu'il voulait rester à la maison, qu'il ne voulait pas rester dans la rue, que je devais le laisser à l'appartement et que c'était là qu'il voulait rester. Je les y ai donc laissés. C'est vrai que pendant que je les y avais laissés il ne s'était rien passé.

Jusqu'au jour où, en entrant, j'ai entendu un grand bruit d'ailes. Le petit était debout dans la galerie, à contre-jour, et il tenait Rita par le cou. Ils étaient bien tranquilles. Mais comme lorsque j'arrivais j'étais toujours pressée de préparer le déjeuner pour tout le monde, je n'y ai pas prêté attention. Ils avaient pris l'habitude de jouer avec les vesces. Chacun avait sa petite boîte et, avec les vesces, ils faisaient des dessins sur le sol : des chemins, des fleurs et des étoiles.

On avait dix couples de pigeons et un jour que Quimet venait de voir un monsieur qui habitait près de l'endroit où je travaillais, il est passé me prendre et je l'ai présenté à ma patronne. En partant on s'est arrêtés chez l'épicier pour lui remettre une liste de commissions pour ma patronne. Quand je suis ressortie, Quimet, qui m'avait attendue sur le trottoir, m'a demandé où j'avais la tête, les vesces de cet épicier étaient les meilleures qu'il ait jamais vues, il les avait déjà remarquées du temps de nos fiançailles : j'ai dû rentrer dans la boutique pour en acheter cinq kilos. C'est l'épicier lui-même qui me les a pesées. C'était un homme comme Pere, le cuisinier, grand, les cheveux bien peignés et le visage un peu grêlé de vérole, mais pas beaucoup. Ma patronne disait que ses prix étaient intéressants, que c'était un épicier honnête et qu'il faisait toujours bonne mesure. Et qu'il parlait peu.

XXI

J'étais de plus en plus fatiguée. Je trouvais souvent les enfants endormis en rentrant. Je leur avais étendu une couverture par terre, dans la salle à manger, avec deux coussins et je les trouvais endormis, parfois très près l'un de l'autre, le petit passant un bras autour de Rita. Puis je ne les ai plus jamais trouvés endormis et Rita, si petite, faisait hiiii... hiiii... hiiii... ils se regardaient tous deux et son frère se mettait un doigt sur les lèvres et lui disait tais-toi. Et Rita recommençait à rire, hiiii... hiiii... hiiii... un rire tout bizarre. J'ai voulu savoir ce qu'ils faisaient. Un jour, je me suis dépêchée davantage, je ne me suis arrêtée nulle part et je suis arrivée un peu plus tôt que d'habitude. J'ai ouvert la porte de l'appartement comme une voleuse, je retenais ma respiration en faisant tourner la clé dans la serrure. La galerie était pleine de pigeons, il y en avait aussi dans le couloir et les enfants n'apparaissaient nulle part. Trois pigeons, dès qu'ils m'ont vue, sont allés vers la fenêtre de la rue, qui était grande ouverte, et se sont envolés en laissant des plumes et de l'ombre. Quatre autres sont partis dare-dare vers la galerie en sautillant de temps en temps et en ouvrant les ailes. Quand ils ont été dans la galerie ils se sont retournés pour me regarder, je leur ai fait peur avec les bras et ils se sont envolés. Je me suis mise à chercher les enfants jusque sous les lits et je les ai trouvés dans la pièce obscure où l'on mettait Antoni quand il était tout petit et qu'il nous empêchait de dormir. Rita était assise par terre avec un pigeon sur les genoux et le garçon avait trois pigeons devant lui, il leur donnait des vesces qu'il prenait dans sa main. Quand j'ai dit qu'est-ce que vous faites ? les pigeons se sont effrayés et se sont envolés et ils se cognaient aux murs. Le petit, la tête entre les mains, s'est mis à pleurer. Et le travail que j'ai eu pour sortir les pigeons de là... Quelle comédie ! Manifestement, il y avait longtemps que le matin, pendant mon absence, les pigeons étaient les maîtres des lieux. Ils entraient par la galerie, passaient par le couloir, sortaient par la fenêtre de la rue et achevaient leur promenade en retournant au pigeonnier. C'est pour cela que les enfants avaient appris à rester tranquilles, pour ne pas effaroucher les pigeons et profiter de leur compagnie. Quimet a trouvé ça très chouette et a dit que le pigeonnier était le cœur, d'où sortait le sang qui fait le tour du corps et revient vers le cœur et que les pigeons sortaient du pigeonnier, le cœur, faisaient le tour de l'appartement, le corps, et revenaient au pigeonnier qui était le cœur. Et il a ajouté qu'il nous fallait avoir davantage de pigeons, qu'ils vivaient à la grâce de Dieu et sans donner de travail. Quand les pigeons, sur la terrasse, prenaient leur vol, on aurait dit une vague d'éclairs et d'ailes, et avant de rentrer au pigeonnier ils picoraient les balustrades et mangeaient le mortier et en beaucoup d'endroits sur les balustrades on voyait de grandes plaques de briques toutes pelées. Antoni marchait dans un tapis de pigeons avec Rita qui le suivait et les pigeons comme si de rien n'était : il y en avait qui s'écartaient, quelques-uns, et d'autres leur emboîtaient le pas. Quimet a dit que puisque les pigeons étaient habitués à descendre dans l'appartement il mettrait des couvoirs dans la petite chambre. Et si les enfants s'asseyaient par terre sur la terrasse aussitôt ils étaient entourés de pigeons qui se laissaient attraper. Quimet a expliqué à Mateu qu'il voulait mettre des couvoirs dans la petite chambre qui était juste sous le grenier : il suffisait de faire un trou au plafond, une trappe, a-t-il dit, et de placer une échelle de lattes entre la trappe et le sol ; comme ça les pigeons n'auraient pas beaucoup de chemin à faire pour aller et venir du pigeonnier à l'appartement. Mateu lui a dit que peut-être le propriétaire ne le permettrait pas et Quimet a répondu que le propriétaire n'en saurait rien. D'ailleurs, si on gardait les lieux bien propres il n'avait pas à se plaindre et ce qu'il voulait, c'était de faire bien marcher l'élevage des pigeons pour arriver à installer une ferme dont les enfants et moi nous pourrions nous occuper. Je lui ai dit que c'était de la folie et il m'a répondu que les femmes voulaient toujours commander, qu'il savait ce qu'il faisait et pourquoi il le faisait, et aussitôt dit aussitôt fait ; Mateu, avec sa sainte patience, a ouvert la trappe. Quimet voulait faire l'échelle mais Mateu lui a dit qu'il lui en apporterait une de son chantier, un peu vieille, il n'aurait qu'à en scier un ou deux échelons, il lui semblait qu'elle était trop longue.

Et il a placé des couvoirs en bas. D'abord il a enfermé les couples, pour qu'ils s'habituent à sortir directement par l'échelle au lieu de faire le tour de l'appartement. Les pigeons vivaient dans l'obscurité parce qu'il leur avait aussi fermé la trappe. Elle était faite de lattes et on l'ouvrait, du grenier, en tirant sur un anneau de fer et, de l'intérieur, en la poussant avec la tête et les épaules quand on était au sommet de l'échelle. Je ne pouvais pas tuer un seul pigeonneau, parce que les cris et les pleurs des enfants faisaient trembler les murs. Quand je voulais nettoyer la petite pièce, j'allumais et les pigeons étaient éblouis et paralysés. Cintet, la bouche plus tordue que d'habitude, était très fâché.

— C'est des prisonniers, ces pigeons !

Les pigeons, dans l'obscurité ont pondu et ont couvé leurs œufs, d'autres pigeons sont nés et quand ils ont été couverts de plumes, Quimet a soulevé la trappe et, par une petite ouverture grillagée qu'il avait ménagée dans la porte, on voyait les pigeons grimper l'échelle : d'un vol, un échelon ou deux : Quimet ne tenait pas en place... Il disait qu'on pouvait avoir quatre-vingts pigeons et qu'en vendant à bon prix leur progéniture il pourrait songer à fermer la boutique et peut-être à acheter bientôt un terrain et Mateu lui bâtirait sa maison en mettant à profit des restes. En rentrant du travail, il dînait sans savoir seulement ce qu'il mangeait, me faisait vite desservir et, sous la lampe avec son abat-jour couleur fraise, il se mettait à faire des comptes sur du papier d'emballage de l'épicerie pour économiser le papier : tant de couples, tant de pigeonneaux, tant pour les vesces, tant pour le sparte... tout bénéfice. Je dois dire que les pigeons ont tardé trois ou quatre jours à savoir monter vers le grenier et que ceux d'en haut les ont accueillis à coups de bec parce qu'ils ne les reconnaissaient plus. Le plus furieux de tous c'était le blanc, le premier, celui qu'on avait trouvé sur la galerie baignant dans son sang. Quand ceux d'en haut ont été bien habitués aux autres ils sont descendus faire les badauds.

La maison qu'on allait bâtir serait dans la partie haute de Barcelone. Les pigeons auraient un bâtiment spécial, avec une rampe qui monterait en colimaçon jusqu'en haut et le mur de la rampe serait garni de couvoirs ; à côté de chaque couvoir il y aurait une petite fenêtre et au sommet une terrasse couverte d'un toit pointu : de sous le toit les pigeons prendraient leur vol et voleraient au-dessus de Tibidabo et des alentours. Il disait qu'avec ses pigeons il deviendrait quelqu'un de connu, parce que quand il aurait sa maison à lui et qu'il n'aurait plus à travailler dans son atelier il s'occuperait de croiser des races et un jour il gagnerait un prix d'éleveur de pigeons. Mais que de toute façon, comme le métier d'ébéniste lui plaisait beaucoup, Mateu lui construirait un hangar où il installerait son atelier et il ne ferait de meubles que pour les amis ; il aimait travailler, mais ce qui l'embêtait, c'était d'avoir affaire à des gens de mauvaise foi, il y en avait bien sûr qui étaient de très braves gens, mais il y en avait tant qui étaient de mauvaise foi qu'ils arrivaient à lui faire perdre l'envie de travailler. Quand Cintet et Mateu venaient ils faisaient plein de projets, jusqu'au jour où Mme Enriqueta m'a dit que sur trois paires de pigeons, Quimet en offrait deux, rien que pour le plaisir de les offrir... Et toi tu te crèves à les soigner...

XXII

Je n'entendais plus que le roucoulement des pigeons. Je me tuais à laver les saletés des pigeons. Mon corps même puait le pigeon. Des pigeons sur la terrasse, des pigeons dans l'appartement ; j'en rêvais. La fille aux pigeons. On construira une fontaine, disait Quimet, avec Colometa au sommet, un pigeon à la main. Quand je remontais la rue pour aller chez mes patrons, le roucoulement des pigeons me poursuivait et je le sentais dans mon cerveau qui y bourdonnait. Des fois la patronne me parlait et moi, distraite, je ne répondais pas, et elle me disait vous êtes sourde ?

Je ne pouvais pas lui dire que je n'entendais que les pigeons, que je gardais aux mains l'odeur du soufre des abreuvoirs, celui des vesces glissant dans les mangeoires, que je poussais pour qu'elles ne ressortent pas, que je serrais pour qu'il y en ait également dans tous les trous. Je ne pouvais pas lui dire que si un œuf couvi tombait d'un nid la puanteur me faisait reculer même si je me pinçais le nez avec les doigts. Je ne pouvais pas lui dire que je n'entendais que les cris des pigeonneaux réclamant de la nourriture avec toute la vigueur de leur corps couvert de canons jaunes plantés dans la chair violette. Je ne pouvais pas lui dire que je n'entendais que le roucoulement des pigeons que j'avais chez moi et que si je laissais la porte de la pièce-pigeonnier ouverte les pigeons se répandaient partout, sortaient par le balcon, rentraient et ressortaient comme des fous. Et que tout avait commencé quand il m'avait fallu venir travailler chez eux, parce que j'étais si fatiguée en rentrant que je n'avais plus la force, quand il le fallait, de dire non. Je ne pouvais pas lui expliquer que je ne pouvais me plaindre à personne, que mon mal était rien que pour moi et que s'il m'arrivait de me plaindre, à la maison, Quimet disait que sa jambe lui faisait mal. Je ne pouvais pas lui dire que mes enfants étaient comme des fleurs mal soignées et que ma maison, qui était le paradis avant, était devenue un vrai capharnaüm et que le soir, en couchant les enfants, si je soulevais leur chemise et je leur faisais cricri sur le nombril pour les faire rire, j'entendais le roucoulement des pigeons et j'avais le nez plein de la puanteur des pigeonneaux. J'avais l'impression que mes cheveux, ma peau et mes vêtements, ça sentait tout le pigeon. Quand personne ne pouvait me voir je flairais mes bras, je parfumais mes cheveux en me peignant et je n'arrivais pas à comprendre comment cette puanteur pouvait s'incruster ainsi dans mon nez, on aurait dit qu'elle me sautait dessus. Mme Enriqueta s'en est mêlée, elle m'a dit que j'étais trop faible, que si c'était d'elle, elle aurait déjà mis fin à cette situation, qu'elle n'aurait jamais permis une pareille chose. La mère de Quimet, je ne la voyais guère parce qu'elle se faisait vieille rapidement, venir nous voir était pour elle une vraie expédition et, moi, je n'avais pas le temps d'aller la voir le dimanche. Un jour elle s'est amenée, elle a dit qu'elle voulait voir les pigeons, Quimet et les enfants, quand ils allaient la voir, pas si souvent que ça, elle m'a dit en s'en plaignant, ne parlaient que des pigeons et qu'ils s'enrichiraient vite avec, le petit lui disait que les pigeons le suivaient et que Rita et lui leur parlaient comme s'ils avaient été leurs petits frères. Quand elle a entendu les roucoulements qui venaient de la petite pièce, elle a été scandalisée. Elle a dit qu'il n'y avait que son fils pour avoir imaginé une chose pareille. Et elle a dit qu'elle ne savait pas qu'on les avait jusque dans l'appartement. Je l'ai fait monter sur la terrasse et, dans le grenier, je lui ai dit de regarder par la trappe. Elle a été prise de vertige.

— Peut-être bien que Quimet fait des affaires avec...

Quand elle a vu le soufre dans les abreuvoirs elle a dit que, le soufre, on ne pouvait en donner qu'aux poules, que les pigeons, ça leur gonflait le foie. Pendant qu'elle parlait les pigeons s'étaient emparés de la terrasse. Ils allaient et venaient, s'envolaient, se posaient, se promenaient sur la balustrade et la mangeaient à grands coups de bec. On aurait dit des personnes. Ils s'envolaient dans un jeu d'ombres et de lumières, tournaient au-dessus de nos têtes et l'ombre de leurs ailes mettait des taches sur notre visage. La mère de Quimet, pour les effrayer, a fait tourner ses bras comme les ailes d'un moulin et ils ne l'ont même pas regardée. Les mâles faisaient la roue devant les femelles, le bec en avant, le bec en l'air, le bec à terre, la queue tendue, balayant le sol de la pointe de leurs ailes. Ils entraient dans les couvoirs et en sortaient, ils mangeaient des vesces et buvaient de l'eau soufrée et leur foie ne s'en portait pas plus mal. La mère de Quimet, revenue de son vertige, a voulu voir les couvoirs. Les pigeons, fiévreux, nous regardaient de leurs yeux vitreux ; tous les becs étaient alignés, sombres, avec leur bourrelet charnu et ses deux trous qui étaient leurs narines... Les *bútxeres* trônaient comme des rois, les capucins étaient des coussins de plumes et ceux à queue de paon, dérangés, ont quitté le couvoir et sont sortis J'ai dit :

— On regarde les œufs ?

— Non, a dit la mère de Quimet, peut-être ça les en détournerait. Les pigeons sont très jaloux et ils n'aiment pas les étrangers.

XXIII

Une semaine exactement après cette visite, la mère de Quimet est morte. C'est une voisine qui est venue nous le dire, au petit matin. J'ai laissé les enfants chez Mme Enriqueta pour qu'elle s'en occupe et je suis partie avec Quimet. Sur le heurtoir de la porte on avait noué un grand ruban noir et le vent, un brin de vent gris d'une journée du début de l'automne le faisait voleter. Dans la chambre mortuaire il y avait trois voisines. Elles avaient enlevé les rubans des quatre coins du lit et celui du haut de la croix. Elles avaient fait la toilette de la défunte. Elles lui avaient passé une robe noire avec un col en tulle qui tenait par des baleines très fines et tout le bas de la jupe était garni de peluche. Au pied du lit il y avait une grosse couronne de feuilles vertes, sans fleurs.

— Cela vous surprend, a dit une des voisines, très grande et qui remuait ses mains avec de longs doigts minces, c'est une couronne sans fleurs, elle l'a toujours voulu ainsi. Mon fils est jardinier et il était entendu entre nous que si elle mourait avant moi, elle voulait une couronne sans fleurs... C'était une idée fixe... sans fleurs, sans fleurs, elle disait toujours. Les fleurs, elle disait, c'est bon pour les jeunes filles. Et il était convenu que si je mourais d'abord elle me commanderait une couronne de fleurs de saison, pas de fleurs rares ou de fleurs nouvelles, c'est de la folie. Parce que moi, une couronne rien qu'avec des feuilles, ça me ferait l'effet d'un bon repas sans dessert. Vous voyez, c'est elle qui est partie la première...

Quimet a dit qu'est-ce que je dois faire, moi, à présent, pour la couronne, du moment qu'elle en a déjà une ?

— Si vous voulez, payez-en la moitié... comme ça on y aura participé tous les deux.

Une autre voisine s'en est mêlée : elle avait la voix rauque et elle a dit si mon amie était intéressée, elle vous dirait de faire faire une autre couronne par son fils, une voiture peut être chargée de couronnes et, dans les enterrements de première, il y a toujours une autre voiture pour porter les couronnes qui ne tiennent pas dans la voiture de devant...

— Mon fils est un spécialiste des couronnes, mon amie le sait parce qu'il le lui a expliqué... Il fait aussi des couronnes artificielles.

Et elle a dit qu'il faisait des couronnes avec des perles, il y en avait pour la vie. Il faisait des fleurs de perles : des camélias, des roses, des iris, des marguerites... des fleurs et des feuilles de perles, et des branches tordues, tout ça dans des couleurs très fines. Le fil de fer qui servait à enfiler les perles ne rouillait pas, même sous la pluie, même dans cet air de mort humide du cimetière. Et l'autre voisine, la troisième, a dit d'une voix très triste : votre mère voulait une couronne de feuilles. Un point c'est tout. Et elle a dit qu'elle avait eu une mort comme il n'y en a pas beaucoup : une sainte mort. On dirait une petite fille. Et elle la regardait les mains croisées sur son tablier.

La mère de Quimet était sur sa courtepointe à roses rouges, comme une statue de cire. Elle n'avait pas de souliers, on avait rapproché les pieds au moyen d'une énorme épingle de sûreté accrochée aux bas. Elles ont dit qu'elles avaient enlevé la chaîne en or de son cou et sa bague et ont donné le tout à Quimet. La voisine dont le fils était jardinier a dit que la mère de Quimet avait été prise de sérieux vertiges trois ou quatre jours avant, et elle avait dit que c'était pareil que le jour de la visite aux pigeons, ça lui avait fait peur et elle ne voulait plus sortir parce qu'elle craignait de tomber. Tout en parlant elle lui a passé deux ou trois fois la main dans les cheveux et elle a dit vous ne trouvez pas qu'elle est bien coiffée ? Elle a dit aussi que pendant la nuit, avant de mourir, elle avait dû se trouver mal et qu'elle était allée frapper chez elle et à eux deux ils l'avaient ramenée à la maison, parce qu'au moment de repartir elle ne pouvait déjà plus marcher. Et à eux deux ils l'avaient couchée... Elle aurait bien voulu avoir des cheveux comme les siens.

La dame qui avait la voix enrouée s'est approchée du lit et a passé la main sur le front de la mère de Quimet. Elle a dit que dès qu'elles s'étaient aperçues qu'elle allait rendre l'âme elles avaient lavé son visage et ses mains et le Père Eladi avait encore eu le temps de lui dire les prières. Elle a dit qu'elles n'avaient pas eu de mal pour l'habiller parce que ça faisait longtemps qu'elle avait tout préparé, elle leur montrait toujours la robe pendue dans l'armoire avec un cintre à coussinets pour que les épaules ne se déforment pas. Et toujours elle leur recommandait que si elle mourait et que ça soit elles qui l'habillent, elles ne lui mettent pas de chaussures, parce que si c'était vrai que les morts reviennent sur terre elle voulait revenir sans faire de bruit et sans gêner personne. Quimet ne savait comment les remercier et la voisine dont le fils était jardinier a dit on aimait beaucoup votre mère, elle était vive comme un écureuil et toujours prête à rendre service... Pauvre femme... Avant de l'habiller on a changé le ruban de ses scapulaires et comme ça elle pourra se présenter au ciel, si elle n'y est déjà, nette et contente.

La voisine qui avait le moins parlé s'est assise, elle a tiré avec application sur sa jupe en la prenant du bout des doigts par deux plis et elle nous regardait. Au bout d'un moment, comme tout le monde se taisait, elle a dit à Quimet : votre mère vous aimait beaucoup... et aussi les enfants. Mais des fois elle me disait qu'elle avait toujours rêvé d'avoir une fille.

La voisine dont le fils était jardinier a dit qu'il y avait des choses qu'il valait mieux ne pas dire, surtout à certains moments... que dire à un fils au moment où sa mère venait de mourir, pour ainsi dire, qu'elle aurait préféré avoir une fille, cela témoignait d'un manque certain de jugeote. Quimet a dit qu'on ne lui apprenait rien, parce que sa mère, quand il était petit, l'habillait en fille et le faisait dormir dans des chemises de fille pour se donner l'illusion d'en avoir une. Et juste à ce moment, sans frapper, la voisine est entrée, celle qui avait déjeuné avec nous le jour du fameux repas sans sel, avec un bouquet de pensées ; et elle a dit qu'il était peut-être temps d'avertir les pompes funèbres.

XXIV

Cintet et Quimet n'arrêtaient pas de parler du peloton, qu'il leur faudrait redevenir soldats et tout le saint-frusquin. Je leur ai dit que faire le peloton c'était beau, très beau même, mais qu'ils avaient déjà été à l'armée. Et puis Cintet, je lui ai dit de me laisser Quimet tranquille, de pas l'embobiner avec son peloton parce qu'on avait assez d'embêtements comme ça. Cintet est resté huit jours sans m'adresser la parole. Et un jour il est venu me voir, quel mal y-a-t-il à faire le peloton ?

Je lui ai répondu que le peloton, les autres n'avaient qu'à le faire, ceux qui n'étaient pas mariés, comme lui, que je n'avais rien à dire s'il voulait faire son peloton ; mais Quimet, il avait assez à faire à la maison et il était trop âgé pour ça. Il a dit que ça ferait le plus grand bien à Quimet, parce qu'ils iraient faire l'exercice à Planes... J'ai répondu que je ne voulais pas que Quimet soit soldat.

J'étais fatiguée ; je me tuais à la tâche et ça n'avançait pas. Quimet ne voyait pas que j'avais besoin d'être aidée au lieu de passer tout mon temps à aider les autres. Personne ne faisait attention à moi et tout le monde me demandait d'en faire davantage, comme si j'avais été une bête. Et mon Quimet vas-y que je t'attrape des pigeons, et vas-y que j'en offre. Les dimanches il partait avec Cintet. Pourtant il nous avait dit qu'il voulait mettre une remorque à la moto pour qu'on puisse aller tous à la campagne. Lui avec le petit, derrière, et moi dans la remorque, avec la petite. Le dimanche, comme je dis, il partait avec Cintet et je crois qu'ils allaient s'entraîner comme ils se l'étaient mis dans la tête. Des fois, il se plaignait encore de sa jambe mais il arrêtait vite parce que le petit s'enveloppait la jambe dans un chiffon et faisait le tour de la salle à manger en boitant. Rita le suivait, les bras en l'air. Quimet se foutait en rogne et disait que j'élevais les enfants comme de vrais petits gitans.

Un après-midi pendant que les enfants faisaient la sieste, on a frappé en bas. Deux coups, c'était pour nous, un coup, pour les voisins du dessous. Je suis sortie sur le palier pour tirer la corde. C'était Mateu, d'en bas il a crié qu'il montait. Dès que je l'ai vu je me suis rendu compte qu'il y avait quelque chose qui clochait. Il s'est assis dans la salle à manger et on s'est mis à parler des pigeons. Ceux qu'il préférait, c'étaient ceux qui avaient une espèce de capuchon de plumes derrière la tête et le cou violet avec des reflets verts. Il disait que, sans ces reflets, un pigeon c'était pas un pigeon. Je lui ai demandé s'il avait remarqué que beaucoup de ceux qui avaient les pattes rouges avaient les griffes noires. Il m'a dit que les pattes rouges et les griffes noires, c'était pas ça ; que ce qui donnait à penser, c'étaient les reflets : d'où ça venait que selon l'éclairage les plumes changent et qu'elles soient tantôt vertes et tantôt violettes ?

— Je ne l'ai pas dit à Quimet, mais j'ai rencontré un homme, il y a quelques jours, qui a des pigeons à cravate...

Je lui ai dit qu'il avait bien fait de se taire, parce qu'il ne manquait plus que ça à la maison, que Quimet m'apporte des pigeons d'une autre sorte encore. Mateu a dit que cette cravate, c'étaient des plumes frisées au milieu du jabot, comme un sillon, toutes en satin. On appelait ces pigeons cravates de satin. Il a ajouté, si Quimet n'était pas aussi distrait par tout ce qui se passe il saurait qu'il y a des pigeons qui au lieu d'avoir les plumes peignées vers le bas, les ont peignées vers le haut et c'est les cravates chinois. Il a dit qu'il se rendait bien compte que ça devait être sacrément lourd de s'occuper de tant de pigeons et d'avoir des pigeons dans l'appartement, que Quimet était un brave garçon mais qu'il avait ses manies... Et quand Quimet lui demandait quelque chose il ne savait pas lui refuser, il avait une façon de le regarder entre les yeux qui l'amadouait... mais il comprenait bien, pourtant, qu'il aurait dû refuser d'ouvrir cette trappe. Il m'a demandé des nouvelles des enfants et quand je lui ai dit qu'ils dormaient il a pris un air si triste qu'il m'a fait peur... Je lui ai expliqué que les enfants et les pigeons, c'était comme une famille... que pigeons et enfants ne faisaient qu'un. Que tout avait commencé le jour où j'avais été obligée de les laisser seuls... Je parlais et je sentais que Mateu ne m'écoutait pas, qu'il était parti loin, qu'il avait fui. J'ai fini par arrêter ; quand il n'a plus entendu ma voix il a retrouvé la sienne et dit que ça faisait une semaine qu'il n'avait pas vu sa fille, Griselda avait trouvé un emploi de dactylo et avait conduit la petite chez ses parents, il pouvait pas se faire à l'absence de la petite et à l'idée que Griselda voyait toutes sortes de gens... la petite hors de la maison... la petite hors de la maison, comme s'il n'arrivait pas à y croire. A la fin il m'a demandé de le pardonner d'être venu me raconter ses histoires, un homme doit savoir supporter ses malheurs tout seul, mais ça faisait si longtemps qu'il me connaissait, et il me connaissait si bien qu'il avait l'impression que j'étais sa sœur, et en me disant qu'il me considérait comme sa sœur il a éclaté en sanglots et j'ai eu vraiment peur. C'était la première fois que je voyais pleurer un homme fort comme un Turc et avec les yeux bleus. Quand il s'est un peu calmé il est parti sur la pointe des pieds pour ne pas réveiller les enfants et quand il a été parti j'ai senti quelque chose de bizarre en moi : une peine qu'on aurait mêlée d'eau tonifiante, quelque chose que je n'avais peut-être jamais senti.

Je suis montée sur la terrasse, le ciel sans une ride, couleur de fraise au couchant, et les pigeons se sont approchés de mes pieds, avec leurs plumes lisses, leurs plumes où, quand il pleuvait, la pluie glissait sans arriver à les traverser. De temps en temps un brin de vent leur retroussait les plumes du cou... Deux ou trois se sont envolés et contre le ciel barbouillé de fraise au couchant ils étaient tout noirs.

La nuit, au lieu de penser aux pigeons et à ma fatigue, qui des fois ne me laissait pas dormir, j'ai pensé aux yeux de Mateu, à leur couleur d'eau de mer. La couleur de la mer quand il y avait du soleil et que, avec Quimet, on roulait en moto. Sans m'en rendre compte, je pensais à des choses que je croyais comprendre et que je ne comprenais pas tout à fait... ou bien, j'apprenais des choses que je commençais tout juste à savoir...

XXV

Le lendemain, chez mes patrons, j'ai cassé un vase et on me l'a fait payer comme s'il avait été neuf, n'empêche qu'il était déjà fêlé. Quand je suis arrivée à la maison, en traînant mes vesces, je n'en pouvais plus, il a fallu que je m'arrête devant les balances dessinées sur le mur, quand j'étais fatiguée c'était là que je perdais le souffle. J'ai flanqué une paire de beignes au petit sans raison valable, il s'est mis à pleurer ; et la petite, quand elle l'a vu pleurer, s'y est mise à son tour, ça fait qu'on y était trois parce que moi j'en ai fait autant et les pigeons roucoulaient et quand Quimet est arrivé et qu'il nous a trouvés pleurant comme des Madeleines, il a dit qu'il manquait plus que ça.

— Toute la matinée à cirer des planches et à boucher des trous de vers, et quand j'arrive à la maison, au lieu d'y trouver la paix et la joie, qu'est-ce que j'y trouve ? Des larmes et des drames ! Et le déjeuner pas prêt !

Il a attrapé les enfants brusquement, les a soulevés en les tenant seulement par un bras et les a promenés comme ça dans le couloir, un à chaque main, et je lui ai demandé s'il tenait à leur casser un bras et il a dit que s'ils n'arrêtaient pas de pleurer il les balancerait dans la rue. Pour en finir, j'ai ravalé mon mal, j'ai lavé la figure aux petits et je me la suis lavée moi aussi et je ne lui ai pas dit que j'avais cassé un vase et qu'on me l'avait fait payer parce qu'il aurait été capable d'aller trouver mes patrons et de faire un scandale de tous les diables.

C'est ce jour-là que je me suis dit que c'était fini. Que les pigeons, c'était fini. Pigeons, vesces, abreuvoirs, couvoirs, le pigeonnier et l'échelle, j'enverrais tout promener ! Mais je ne savais pas comment... Cette idée m'est restée dans la tête comme une braise. Quimet déjeunait, les jambes repliées sur les barreaux de la chaise, et tout à coup il en a allongé une et a dit, en remuant le pied, que peut-être il avait comme un feu au genou qui lui chauffait les os. Moi, je pensais à la fin du peuple des pigeons et tout ce que Quimet disait m'entrait par une oreille et sortait par l'autre, comme si on venait de me faire un trou qui allait de l'une à l'autre.

Je sentais la braise dans mon cerveau, allumée, rouge. Vesces, abreuvoirs, mangeoires, pigeonnier et tas de fiente, j'enverrais tout promener. Echelle, sparte, boule de soufre, pigeons, les yeux rouges et les pattes rouges, tout ! Pigeons-paons, capucins et capucines, les pigeonneaux et les gros pigeons, tout, tout ! Le grenier serait pour moi, la trappe serait fermée, les chaises iraient au grenier, les pigeons ne voleraient plus, la corbeille à linge sur la terrasse, le linge sécherait sur la terrasse. Les yeux ronds et les becs pointus, celui qui avait des reflets mauves et celui qui avait des reflets pomme, tout, tout ! La mère de Quimet, sans le vouloir, m'avait indiqué le remède... J'ai commencé par déranger les pigeons pendant qu'ils couvaient. Je profitais de la sieste des enfants pour monter sur la terrasse et embêter les pigeons. Le grenier bouillonnait comme un four, tout le soleil du matin s'entassait au plafond et le brûlait ; entre la fièvre des pigeons et la puanteur de la fièvre, c'était un enfer.

Le pigeon qui couvait, en me voyant tout près, levait la tête, allongeait le cou et étendait les ailes, pour protéger. Quand je glissais ma main sous sa poitrine il essayait de me piquer. Il y en avait qui gonflaient leurs plumes et ne bougeaient pas, d'autres qui fuyaient et, anxieux, attendaient que je parte pour revenir au nid. Un œuf de pigeon c'est joli, plus joli qu'un œuf de poule, plus petit, comme fait exprès pour tenir dans la main. Je prenais les œufs du pigeon qui ne fuyait pas et je les lui promenais sous le nez, et le pigeon qui ne savait ni ce qu'était la main ni les œufs, ni rien du tout, balançait sa tête en avant, ouvrait son bec et essayait de me piquer. Petits et lisses, les œufs étaient chauds d'avoir été sous les plumes et sentaient la plume. Quelques jours après beaucoup de nids étaient abandonnés. Et les œufs, abandonnés sur leur nid de sparte, pourrissaient. Ils pourrissaient avec le pigeonneau dedans, à demi fait, tout sang et jaune et le cœur avant tout.

Ensuite je descendais dans l'appartement et je me mettais dans la petite pièce. Une fois, un pigeon est sorti en volant par le trou de la trappe, comme un cri. Au bout d'un moment il a passé la tête dans un coin de la trappe : il me surveillait. Les *butxeres* quittaient leur couvée d'un vol lourd et restaient par terre, l'air embêté. Les pigeons-paons étaient ceux qui se défendaient le plus. Je me suis arrêtée quelque temps et tout était à recommencer. Je devais en finir. Au lieu de faire peur aux pigeons pour qu'ils se détournent de leurs petits, je me suis mise à prendre les œufs et à les secouer furieusement. J'attendais qu'il y ait le pigeonneau dedans. Que sa tête s'écrabouille bien contre la coquille. Les pigeons couvaient pendant dix-huit jours ; quand on en était à la moitié, je secouais les œufs. Plus la couvée était avancée plus les parents se fâchaient, plus ils s'agitaient, plus ils essayaient de me piquer. Quand je glissais ma main sous leurs plumes chaudes, la tête et le bec du pigeon cherchaient ma main entre ses plumes, et quand ma main sortait avec les œufs, ils la piquaient.

A cette époque j'avais le sommeil agité. Je dormais avec des sursauts au cœur comme lorsque j'étais petite et que mes parents se disputaient et après ma mère restait triste et abattue, assise dans un coin. Je me réveillais à minuit comme si on m'avait tiré l'intérieur avec une ficelle, comme si j'étais encore attachée par le cordon ombilical et qu'on me tire toute par là. C'était une secousse qui m'arrachait tout, les yeux et les mains et les ongles et les pieds et le cœur et son canal au milieu avec un caillot noir de sang coagulé, et les doigts des pieds qui vivaient comme s'ils étaient morts : c'était pareil. Tout était aspiré de nouveau vers le néant, par le petit tuyau du nombril qu'on avait attaché et fait sécher. Tout autour de ce tiraillement qui m'emportait il y avait un nuage de plumes de pigeon, léger, pour que personne ne s'en aperçoive. Cela a duré des mois. Des mois et des mois à mal dormir et à détruire les œufs des pigeons. Beaucoup, d'instinct, couvaient deux ou trois jours de plus qu'il ne fallait, attendant que ça vienne.

Et au bout de quelques mois, Quimet a commencé à rouspéter et à dire que les pigeons ne valaient rien, qu'ils n'étaient bons qu'à prendre du sparte avec le bec et à faire des nids et tout ça pour de l'eau puante.

Tout ça parce que je n'en pouvais plus, avec les enfants dans la maison, à faire la vaisselle pour cette famille où personne ne servait à rien, où on n'était bon qu'à s'envoyer de pleines cuillères de bouffe, avec un enfant malingre tellement ses parents s'en étaient vu pour le faire... Et, sur la terrasse, il y avait toujours des pigeons qui roucoulaient.

XXVI

Pendant que je me consacrais à la révolution chez les pigeons il est arrivé ce qu'on sait, on aurait dit que ça ne devait pas durer. En attendant il y avait pas de gaz. En tout cas il ne montait pas jusqu'à l'appartement et chez mes patrons il ne descendait pas au sous-sol. Le premier jour on a dû préparer le déjeuner sur la galerie, avec un fourneau de terre grise tenue par des barreaux de fer noirs, et du charbon de bois qu'il m'a fallu aller chercher, encore un bon coup pour mes jambes.

C'est le dernier, a dit la femme du charbonnier, son mari était descendu dans la rue.

Quimet aussi courait les rues, pas un jour sans qu'il y aille et je pensais tout le temps qu'un jour je ne le reverrais pas. Il avait mis une combinaison bleue et, après quelques jours de fumée et d'églises qui flambaient, il s'est ramené avec un ceinturon et un revolver et un fusil à deux canons sur l'épaule. Il faisait une de ces chaleurs, les vêtements vous collaient sur le dos et les draps sur tout le corps et les gens n'en menaient pas large. L'épicerie du rez-de-chaussée a été vidée en quelques jours et tout le monde parlait de la même chose, une dame a dit qu'on voyait venir ça de loin et que ces histoires de peuple en armes ça arrivait toujours en été quand le sang se met plus vite à bouillir. Et que l'Afrique aurait dû être engloutie.

Un jour, c'était l'heure où on apportait le lait Sila et on ne l'a pas apporté. Mes patrons étaient tous assis dans la salle à manger à attendre qu'on apporte le lait Sila. A midi on a frappé à la porte d'entrée et on m'a dit d'aller ouvrir, le monsieur au cache-poussière me suivait. C'était le livreur du lait Sila avec sa charrette à bras. J'ai ouvert la grille et l'homme m'a tendu les deux cornets cirés, je les ai pris. Le monsieur au cache-poussière a dit vous voyez ce qui se passe, hein ? Qu'est-ce que vous en pensez ? Vous voyez bien que sans les riches les pauvres sont perdus !

Le livreur du lait Sila a baissé le couvercle et a demandé à mon patron s'il voulait bien le payer, on le payait toutes les semaines, parce qu'il ne savait pas s'il pourrait encore leur apporter du lait le lendemain. La patronne est montée et l'a entendu, elle a demandé ce qu'on avait fait des vaches, elle a dit qu'elle s'imaginait que les vaches ne faisaient pas la révolution. Le livreur du lait Sila a dit non madame, je suppose... Mais tout le monde est dans la rue et nous on va fermer. Comment ferons-nous sans lait ? a demandé la dame. Mon patron s'en est mêlé et a dit quand les ouvriers veulent imiter les patrons, ils ne savent pas comment s'y prendre. Vous la voulez, vous, la révolution ? a dit le patron. Non monsieur, a dit le livreur du lait Sila. Et il poussait déjà son chariot sans se rappeler qu'il devait encaisser. Mon patron l'a arrêté et l'a payé et il lui a dit qu'il était un travailleur mais qu'on voyait bien qu'il était un brave homme quand même. Le livreur du lait Sila lui a dit je suis vieux... et il a poussé le chariot pour continuer sa tournée et distribuer les derniers cornets. J'ai refermé la grille et la fille de la maison nous attendait au pied de l'escalier en colimaçon. La dame, c'était la mère, lui a dit il paraît que demain il n'y aura plus de lait. Et la fille a dit comment on va faire ?

Quand on a été dans la salle à manger on s'est tous assis et le patron m'a expliqué que toutes les nuits il écoutait la radio, un poste à galène, et que bientôt tout s'arrangerait parce qu'ils montaient. Le lendemain, dès que j'ai ôté la chaîne de la porte et que j'ai mis le pied sur la première marche, couverte de fleurs de jasmin fraîches ou fanées, j'ai vu la dame qui m'attendait près du mimosa. Elle avait la tête mouillée de gouttes de sueur et tout de suite elle m'a confié :

— Hier soir on voulait tuer mon mari.

— Qui ? j'ai demandé, et elle a dit allons dans la salle à manger, il y fait plus frais. Dès qu'on a été installées dans les fauteuils d'osier elle a dit hier soir, à huit heures, à l'heure où mon mari arrive du bureau, nous l'avons entendu du vestibule qui criait, montez, montez ! Je monte. Derrière lui il y avait un milicien qui le poussait dans le dos avec son fusil.

— Pourquoi ? j'ai demandé.

— Attendez, a dit la dame en riant. On l'avait pris pour un prêtre... comme il ne lui reste plus un seul cheveu sur la tête... Le milicien croyait qu'il s'était fait tondre pour qu'on ne remarque pas sa tonsure et il l'amenait comme ça depuis la Travessera le fusil par-derrière et mon mari par-devant. Le milicien lui a dit qu'il l'arrêtait, et le mal que mon mari a eu pour le faire venir à la maison, pour lui montrer sa famille...

Sur le coup je suis devenue toute rouge parce que j'ai eu peur que le milicien en question ça soit Quimet, qu'il se soit excité, mais je me suis tout de suite souvenue que la patronne le connaissait. N'empêche qu'en attendant j'avais eu bien peur. Et la patronne m'a dit qu'elle avait dit au milicien vingt-deux ans de mariage. Et le milicien est parti en faisant des excuses et elle m'a dit que, pendant la nuit, ils se tenaient tous autour du poste à galène et que le gendre de la dame, le monsieur au cache-poussière, ne prêtait les écouteurs à personne, il avait l'air très embêté en écoutant et cette nuit, il a dit, on n'entendait rien.

Deux jours après cette mauvaise plaisanterie, l'après-midi à trois heures, on frappe. La dame est allée ouvrir et, dit-elle, rien qu'en descendant les marches de marbre de l'entrée principale elle a pris peur et son cœur s'est serré, à travers le verre glacé plein de bulles elle a vu un groupe, des tas de personnes et l'ombre dressée des canons des fusils.

Elle a ouvert et cinq miliciens sont entrés, et un monsieur et une dame qu'elle connaissait, les propriétaires d'une maison de la rue de Provença. Tout compte fait, le monsieur au cache-poussière avait pris plusieurs années auparavant une hypothèque sur cette maison, et comme ce monsieur et cette dame ne lui payaient pas les intérêts, il avait gardé la maison et elle était à lui. Le monsieur et la dame voulaient qu'on leur rende leur maison. Ils sont entrés dans le salon où il y avait le coffre de sainte Eulalie, le patron est monté et aussitôt un des miliciens, très mince et très bel homme, l'a fait asseoir devant la table, lui a mis le canon d'un parabellum derrière la tête et lui a dit de signer un papier comme quoi il rendait la maison à ces gens qui en étaient les propriétaires. Qu'il la leur avait volée. S'ils ne pouvaient pas payer les intérêts de l'hypothèque c'était parce qu'il leur prenait douze pour cent et si on ne pouvait pas le payer qu'il veuille bien attendre. Et le milicien disait signez tout de suite que vous rendez la maison à ces gens, c'est tout ce qu'ils possèdent.

Et le patron, a dit la dame, restait aussi muet qu'une carpe, le canon derrière l'oreille qui l'empêchait de bouger la tête, sans rien dire, et le milicien s'impatientait. Au bout d'un moment, le patron a commencé à parler, lentement et à voix basse, que ces gens n'avaient pas raison, qu'il avait fait les choses conformément à la loi, et le monsieur et la dame ont dit au milicien ne le laissez pas parler parce que s'il parle il vous convaincra. Il est capable de convaincre Dieu le Père.

XXVII

Mme Enriqueta disait que dans tout cela il n'y avait aucune mesure, qu'on avait ruiné son commerce. Tout envoyé promener. Voir un peu ce qui allait se passer avec son compte en banque. Elle s'est mise à vendre des boutons et des jarretelles d'homme, par terre, dans la rue Pelayo. Quimet, je le voyais très peu, à peine si, parfois, il venait dormir. Un jour il m'a dit que ça prenait mauvaise tournure et qu'il devrait partir sur le front d'Aragon. Et il m'a dit qu'ils avaient pu sauver le Père Joan. Et que le Père Joan, avec un costume à Mateu et un camion que Cintet leur avait procuré, avait passé la frontière. Tiens, il m'a dit. Et il m'a donné deux pièces d'or que le Père Joan lui avait données pour moi et les enfants, nous en aurions sûrement plus besoin que lui, car Dieu, où qu'il aille, l'aiderait et ne le laisserait pas mourir avant son heure. J'ai gardé les deux pièces et Quimet a ajouté que je ne devais pas quitter mes patrons, ça faisait si longtemps que j'étais à leur service qu'ils pourraient toujours me tirer d'un mauvais pas, et les choses avaient beau prendre mauvaise tournure, ça ne durerait pas, de toute manière il fallait en passer par là. Et il a dit il paraît que Griselda s'est mise avec un type de la haute et qu'elle ne veut plus rien savoir de Mateu... Un vrai malheur.

Il est parti sur le front d'Aragon et j'ai continué comme avant. Si je me mettais à réfléchir je me voyais entourée de puits, prête à tomber dans l'un ou dans l'autre. Jusqu'au jour où le monsieur au cache-poussière m'a tenu son discours, il était une heure, j'allais rentrer à la maison.

— Nous sommes très contents de vous, venez nous voir quand vous voudrez. Mais il se trouve qu'on nous a tout pris et que nous n'avons plus de loyers. Nous avons su que votre mari est un de ceux qui s'agitent et nous préférons ne pas avoir de relations avec des personnes de cette espèce, vous me comprenez ? Nous, chaque nuit, nous écoutons le poste à galène et c'est ce que vous devriez tous faire, vous verriez que vous êtes des ignorants et que vous vivez sur la lune. Au lieu de brandir des drapeaux, vous feriez mieux de préparer les pansements parce que le coup qui va vous tomber dessus vous coupera les bras et les jambes. Et en disant cela il se promenait de long en large dans la salle à manger et, de temps en temps, il se touchait la pomme d'Adam. Il a continué, encore ; ne croyez pas que j'aie rien à vous reprocher... mais nous ne pouvons plus vous payer. Depuis le premier jour, je vous dis que sans les riches les pauvres ne peuvent pas vivre et que toutes ces voitures dans lesquelles se promènent les serruriers et les maçons, les cuisiniers et les portefaix, il faudra les rendre avec des tonneaux de sang.

Il s'est arrêté là. Il est allé mettre un tuteur au mimosa de la cascade, qui s'étirait comme un ver et devenait tout tordu. Avant que je m'en aille, la dame m'a dit que la maison où son mari travaillait depuis trente ans était passée aux mains des employés et que son mari en était. Elle m'a encore dit chaque fois que vous voudrez venir, ne vous gênez pas...

A l'heure du repas, comme s'ils sortaient de l'étage au-dessous, Quimet et Cintet sont arrivés. Cintet m'a expliqué qu'il était le patron d'un canon et qu'avec ce canon il allait d'un endroit à l'autre. Ils étaient revenus du front pour me voir et m'apporter du ravitaillement et ils sont repartis tout de suite. Quimet, avant de partir, les enfants dormaient, est allé les embrasser, sur la pointe des pieds pour pas les réveiller. Ce même jour est venu Mateu, lui aussi en combinaison et avec un fusil. Ravagé. Je lui ai dit que Quimet était là il y avait quelques heures à peine, avec Cintet, et il a dit qu'il aurait beaucoup aimé les voir... Le soleil s'allumait et s'éteignait et la salle à manger était tantôt jaune, tantôt blanche. Mateu a posé son fusil sur la table et, très triste, a dit vous voyez à quoi nous en sommes réduits, les pacifistes...

Il était très embêté, plus embêté peut-être que Quimet et Cintet et moi-même. Et il m'a dit que la vie, il ne la vivait que pour deux choses : le travail et la famille, Griselda et la petite. Et qu'il venait me dire adieu parce qu'il partait au front et que peut-être Dieu l'envoyait au front pour le faire mourir vite parce que sans Griselda et sans la petite il ne se sentait pas le courage de vivre. Il est resté un bon moment, tantôt il parlait, tantôt il se taisait. Les enfants se sont réveillés, sont sortis et, après l'avoir salué, sont allés jouer à la balle sur la galerie, dans une flaque de soleil qui s'effaçait et puis qui se rallumait. Alors, entre une apparition et une disparition du soleil, il m'a dit qu'il me demandait si je voudrais bien lui donner quelque chose qui lui servirait de souvenir, j'étais la seule personne qui lui restait au monde. J'ai réfléchi, parce que je ne voyais pas de chose qui puisse faire un souvenir. J'ai vu le bouquet de buis, qui avait séché sur le pommeau du buffet, et le ruban rouge qui le tenait. J'ai pris le bouquet de buis, j'en ai détaché le ruban et je le lui ai donné et aussitôt il a tiré son portefeuille et l'a rangé dedans. Et d'un recoin de je ne sais où l'envie m'est venue de lui demander quelque chose ; jamais je n'avais trouvé un moment de confiance pour le lui demander... s'il savait qui était Maria... Quimet des fois, l'avait nommée... Il m'a dit qu'il était sûr que Quimet n'avait jamais connu de fille qui s'appelle Maria. Jamais.

Il a dit qu'il partait, il a appelé les enfants et les a embrassés sur le front et quand on a été près de la porte, au moment où j'allais l'ouvrir, il a mis sa main sur la mienne et l'a enfermée et il a dit qu'avant de partir il voulait me dire quelque chose : que Quimet ne connaissait pas son bonheur d'avoir une femme comme moi, qu'il me le disait à un moment où peut-être on ne se reverrait plus jamais, pour que je m'en rappelle toujours... le respect et l'affection qu'il avait sentis pour moi depuis le jour où il était venu arranger la cuisine. Moi, pour cacher ma gêne, je lui ai demandé pourquoi il s'en allait, il n'avait qu'à rester, que Griselda était au fond une brave fille et qu'elle verrait bien qu'elle avait fait une grosse bêtise et il m'a dit je ne peux pas faire autrement, il y a Griselda et cette histoire, mais il y a au-dessus de tout ça quelque chose de plus important encore, quelque chose qui nous concerne tous et si on perd on nous liquidera tous. Il est parti plus triste qu'il était venu. Beaucoup de temps s'est passé avant que je revoie Quimet et, grâce à Mme Enriqueta, j'ai trouvé du travail à la mairie.

XXVIII

On était une belle bande pour faire le nettoyage. Quand je me mettais au lit, je touchais la colonne que j'avais cassée à la naissance d'Antoni et que Quimet avait changée en rouspétant et je touchais les fleurs du dessus-de-lit au crochet qui étaient en relief, et en touchant la colonne et les fleurs j'avais l'impression, dans l'obscurité, que tout était pareil, que le lendemain je me lèverais pour préparer le déjeuner de Quimet, qu'un dimanche nous irions voir sa mère, que le petit était enfermé dans la pièce où avaient été les pigeons et qu'il pleurait et que la pauvre Rita n'était pas encore née... Et en remontant encore plus haut je pensais aux temps où je vendais des friandises dans cette boutique pleine de vitres et de glaces, toute parfumée, et que j'avais une robe blanche et du loisir pour me promener dans les rues...

Et quand je me figurais que je ne reverrais plus jamais Quimet qui était parti à la guerre, il s'est amené un dimanche, couvert de poussière et chargé de victuailles. Il a posé les paquets sur la table avec le revolver et le fusil. Il a dit qu'on avait besoin de matelas et en a emporté deux : celui du petit, qui pouvait dormir avec moi, a-t-il dit, et celui de mon lit de jeune fille en cuivre. Il a dit qu'ils avaient des tranchées formidables et que des fois ils bavardaient avec ceux d'en face, d'une tranchée à l'autre, mais que si on était distrait et qu'on sortait la tête on vous flanquait un coup de fusil qui vous étendait raide mort. Il m'a dit qu'ils ne manquaient pas de ravitaillement et que tout le monde les aidait, que tout le monde était avec eux et qu'il y avait beaucoup de paysans qui se joignaient à eux pour grossir les rangs, mais quand c'était le moment d'arroser les champs ou de soigner le bétail, on les laissait rentrer chez eux et après tout le monde revenait. Ils passaient des journées entières à se faire suer et sans tirer un coup de feu, sans discuter avec ceux d'en face, à dormir tout le temps et, à force de dormir, il n'avait jamais sommeil et il passait ses nuits à regarder les nuages et les étoiles et jamais il aurait cru qu'il y en avait autant et de toutes les tailles, enfermé qu'il était dans son atelier à faire des meubles et encore des meubles. Antoni voulait sans cesse en savoir davantage, il s'asseyait sur ses genoux et se faisait montrer comment on faisait partir le revolver et Quimet lui disait que la guerre qu'il faisait ce n'était pas la guerre et que ce serait la dernière. Antoni et Rita étaient comme ensorcelés par teur père et il leur a dit que le dimanche suivant il leur porterait des jouets, des petits Aragonais et des petites Aragonaises. On a très bien déjeuné et ensuite il lui a fallu de la corde pour attacher les matelas, il est allé chez l'épicier, qui n'était pas très content de Quimet parce qu'il me faisait acheter ailleurs les vesces des pigeons. L'épicier, on l'a appelé de la galerie, il avait son rideau de fer baissé, tout de suite il lui a donné un long morceau de corde, plus qu'il ne lui en fallait, et aussi des sacs, et Quimet a dit que les sacs ça serait au poil pour faire des parapets. Qu'il avait eu une bonne idée avec ces sacs, on les remplirait de terre et ça serait au poil.

— Vous savez, a dit l'épicier, si au lieu d'avoir mon âge j'étais jeune comme vous, je me battrais à vos côtés.

Maintenant que je n'ai rien à vendre dans le magasin, ça me distrairait... De mon temps, la guerre, on la faisait autrement. Vous devez savoir comment on a fait la Grande Guerre... avec des gaz asphyxiants et tout et tout. Quimet lui a dit qu'il s'avait parfaitement comment on avait fait la Grande Guerre, il avait collectionné les généraux avec des images de chocolat. Mais la manière dont la jeunesse fait la guerre maintenant, c'est un plaisir... Au fond, cette guerre, une fois qu'on a avalé la première gorgée de mauvais sang, c'est une guerre qui ne peut pas être une guerre... je vous assure, j'aime beaucoup ça. Dans un mois, ça sera la paix. J'ai de l'expérience. Ce sur quoi je n'ai jamais été d'accord, c'est les passages à tabac, les assassinats et les incendies d'églises, ce sont des choses qui nous font plutôt mal voir... Mais votre manière de faire la guerre, je vous répète qu'elle me plaît beaucoup, et si quand vous reviendrez j'ai encore des sacs, ne vous gênez pas, vous n'avez qu'à m'appeler. Quimet lui a dit qu'il reviendrait la semaine suivante.

J'ai raconté à Quimet ce qui m'était arrivé avec mes patrons et que je travaillais à la mairie, et il a dit que c'était peut-être un bien, parce que travailler pour ceux qui dirigeaient la ville était plutôt bon que mauvais. Il a regardé la pièce où il n'y avait plus de pigeons et je lui ai dit qu'à la terrasse il en restait encore quelques-uns : les plus vieux. Qu'ils étaient devenus à moitié sauvages, avec la faim, et que je n'arrivais ni à les chasser ni à les attraper. Il m'a dit de pas m'en faire, que ça n'avait pas d'importance parce que toute la vie se trouvait changée et qu'elle changerait encore davantage, en mieux, et qu'on en profiterait tous. Il est parti au point du jour. Du côté du soleil levant tout était rouge sang. Le klaxon du camion qui venait chercher Quimet aurait réveillé les morts. Deux miliciens sont montés prendre les matelas et l'un d'eux a dit à Quimet que Cintet avait disparu. Ils étaient allés le chercher et ne l'avaient pas trouvé, et Quimet lui a dit de ne pas s'inquiéter, c'était sa faute, il ne leur avait pas dit que Cintet avait dû aller à Carthagène chercher des billets de banque et qu'il ne reviendrait sûrement pas avant le milieu de la semaine.

XXIX

Trois jours après le départ de Quimet, Cintet est venu avec une combinaison neuve, toute raide, plein de courroies entrecroisées sur la poitrine et dans le dos, et un grand panier d'oranges. Pour les enfants, il a dit. Il m'a expliqué qu'il était allé à Carthagène chercher des billets de banque ; l'avion, c'était un vieux coucou, à un endroit du plancher il n'y avait rien, le vent soulevait une planche, et avant d'arriver en vue de la ville l'aviateur leur a dit que peut-être ils n'y arriveraient pas en volant, c'était une vraie charrette et au moment où il disait que peut-être ils n'y arriveraient pas, tac ! un oiseau est entré par la fente du plancher, poussé par le vent ou aspiré par le vide. Distraits par l'oiseau et occupés à le faire revenir à lui, ils sont arrivés à Carthagène sans avoir eu le temps de s'inquiéter. D'un sac tyrolien qu'il avait posé sur la table en entrant il a tiré six boîtes de lait et un paquet de café et m'a demandé si je voulais faire un peu de café, parce que lui, ce qui lui manquait le plus, dans le martyre de cette guerre, c'était de pas pouvoir manger dans une assiette de faïence et de pas pouvoir boire son café dans une tasse en porcelaine, et il a dit qu'il aimerait boire son café dans une de ces petites tasses à chocolat qui avaient tellement fait enrager Quimet : on a ri. Il m'a dit qu'il me faisait tous ces cadeaux en souvenir de tout ce temps qu'on avait passé à racler la tapisserie ensemble. Pendant que je faisais chauffer l'eau pour le café, il a dit que c'était malheureux que des gens comme nous, faits pour la paix et pour la joie, soient embarqués dans toute cette histoire. Entre deux gorgées de café, il m'a encore dit que l'histoire, il valait mieux la lire dans les livres que l'écrire à coups de canon. Je l'écoutais et je n'en revenais pas, c'était un autre Cintet, et j'ai pensé que la guerre changeait les hommes. Après le café, il a reparlé de son voyage en avion à Carthagène et a dit que c'était une histoire à raconter à ses petits-fils : au-dessous il y avait tantôt un champ de nuages tantôt la mer toute bleue, et il a dit que la mer, vue d'en haut, est de plusieurs couleurs et qu'il y a des courants d'eau dans l'eau, et quand l'oiseau était entré il avait dû s'écarter parce que le vent était si fort que non seulement il soulevait le plancher mais qu'il le soulevait lui aussi. Et que l'oiseau était resté à moitié mort les pattes en l'air, et qu'il allongeait et serrait les petits doigts de ses pattes et que sur le côté de son bec il avait la salive de l'agonie et que ses yeux à moitié fermés étaient vitreux. Puis on s'est mis à parler de Mateu. Il a dit que, aussi bien lui que Quimet, n'osaient pas donner de conseils à Mateu parce qu'il était un peu plus âgé qu'eux, mais dès qu'ils avaient su qu'il sortait avec Griselda ils avaient dit que c'était une vraie poupée et que Mateu était trop homme pour une poupée. Que Griselda ne lui procurerait que des embêtements. Mais ce sont des choses qu'il faut apprendre à coups de bâton et pas avec des conseils. Il m'a demandé des nouvelles des pigeons. Je lui ai dit qu'il en restait peu et qu'ils étaient très sauvages. Je lui ai dit que chaque jour j'avais mis un couvoir à la poubelle parce que, si je les avais jetés tous à la fois, l'éboueur ne les aurait pas voulus. Je lui ai montré la pièce aux pigeons, je l'avais nettoyée depuis longtemps. Ça sentait encore le pigeon. J'avais fermé la trappe, depuis la terrasse, avec de vieilles planches et l'échelle était posée sur le sol. Il a dit quand on aura gagné je vous peindrai cette pièce en rose. Je lui ai demandé quand il reviendrait et il m'a dit qu'il reviendrait peut-être en même temps que Quimet. Il a descendu l'escalier quatre à quatre et en descendant il criait, au revoir, au revoir... Il a fait claquer la porte de la rue. Je suis retournée dans la salle à manger, je me suis assise devant la table et, avec l'ongle, j'ai enlevé de vieilles miettes de pain qu'il y avait dans une très grosse fente. Et j'ai passé un moment comme ça. Puis on a frappé, j'ai ouvert et c'était Mme Enriqueta qui ramenait les enfants. Ils ont été très contents d'avoir des oranges.

XXX

Un jour, de bon matin, j'allais travailler, et j'ai entendu qu'on m'appelait d'une voiture qui passait. Je me suis retournée, la voiture s'est arrêtée et qui c'est qui en descend, en tenue de milicienne, Julieta, toute maigre, la figure blanche, les yeux fiévreux et fatigués. Elle m'a demandé comment j'allais et je lui ai dit pas très bien, et Quimet sur le front d'Aragon ; elle m'a dit qu'elle avait beaucoup de choses à me raconter et si j'habitais encore dans le même appartement, le dimanche, si je voulais, elle aimerait passer l'après-midi avec moi. Elle m'a dit avant de remonter en voiture qu'on avait tué le pâtissier à la Rabassada, les premiers jours de la révolution, il avait des histoires de famille compliquées, un neveu qu'il protégeait et un autre qu'il ne protégeait pas parce que c'était un fainéant et que c'était ce neveu évidemment qui l'avait fait tuer comme si ç'avait été un sale type et un traître. Elle m'a dit qu'elle était amoureuse d'un garçon qui était au front lui aussi. Elle est allée à la voiture et moi je suis allée à mon travail.

Le dimanche elle est venue. Depuis trois heures je l'attendais. Mme Enriqueta était venue prendre les enfants et les avait emmenés chez elle, des amis lui avaient apporté quelques boîtes de confiture d'abricot et elle leur donnerait à goûter. Je lui ai dit que je devais rester parce que j'attendais Julieta, qui s'occupait de colonies d'enfants réfugiés parce qu'il en venait de toute l'Espagne. Mme Enriqueta a emmené les enfants et Julieta est venue, et tout de suite elle m'a dit qu'elle avait très peur qu'on tue son fiancé et que si on le lui tuait elle se jetterait dans la mer parce qu'elle était très amoureuse et qu'ils avaient dormi une nuit ensemble, mais il ne s'était rien passé ; c'est pour ça qu'elle était si amoureuse, parce que c'était un si brave garçon et qu'elle avait l'impression qu'il l'aimait comme il n'y en a pas beaucoup qui savent aimer. La nuit, ils l'avaient passée ensemble dans une villa réquisitionnée où il était de garde, je ne sais plus de quel parti elle a dit qu'il était. Elle a dit qu'elle est arrivée à la tombée de la nuit, c'était au mois d'octobre, et elle s'est trouvée, une fois la grille ouverte, et pour l'ouvrir elle a dû la pousser très fort parce que la dernière pluie avait entassé du sable derrière, dans un jardin plein de lierre, de buis, de cyprès et de grands arbres, et le vent traînait les feuilles d'un côté à l'autre et tout à coup, ziss !... une feuille lui est tombée sur la figure, comme un mort qui se serait relevé. La maison était entourée par le jardin, et avec les ombres, les branches qui se balançaient, la maison avec toutes ses persiennes fermées et ce vent et ces feuilles qui roulaient et qui voltigeaient, elle avançait le cœur serré. Il lui avait dit qu'il l'attendrait devant la grille, mais que s'il n'y était pas elle n'avait qu'à entrer dans le jardin, il valait mieux que les voisins ne la voient pas. Il avait tardé et elle l'attendait là, plantée, avec la nuit qui devenait de plus en plus noire et les cyprès qui n'arrêtaient pas de trembler et se balançaient comme des ombres de cadavres entassés, des cyprès noirs, des arbres de cimetière. Quand il est arrivé elle a encore eu plus peur, elle ne voyait pas son visage, elle ne savait pas si c'était lui. Tout de suite ils sont entrés dans la maison et ils l'ont parcourue avec une petite lampe, ça sentait l'abandon et les pas résonnaient comme si d'autres personnes avaient marché dans les autres pièces, elle pensait que c'étaient peut-être les âmes des propriétaires de la maison qui avaient tous été exécutés, pas un survivant, c'était ça qui l'épouvantait. C'était une maison avec de grands salons, des rideaux, de larges balcons, des plafons très hauts et une salle aux murs couverts de glaces où ils se voyaient tous les deux de face, de dos et de profil pendant que leurs ombres dansaient aussi et que le réflecteur de la lampe était partout autour d'eux et la branche d'un arbre, flic, flac, frappait sur les vitres, ou les frottait, au gré du vent. Ils ont trouvé une penderie pleine de robes du soir et de manteaux de fourrure et elle a dit qu'elle n'a pas pu s'empêcher d'en essayer une, noire avec des tulles qui volaient comme un nuage et des roses rouges sur la poitrine et sur la jupe et elle avait les épaules découvertes et lui, il la regardait sans même oser parler. Alors ils sont allés dans une galerie couverte pleine de sofas et de coussins, ils se sont allongés et se sont embrassés en écoutant le vent qui courbait les feuilles et agitait les branches et ils ont passé la nuit ensemble : entre le sommeil et la veille, seuls au monde, avec pourtant la guerre et le danger tout près, et la lune s'est levée et, en passant à travers les persiennes, elle mettait des raies blanches sur tout. On aurait dit la première et la dernière nuit des temps et ils se sont enfuis avant le jour et tout le jardin était une bataille de branches et de vent, les branches de lierre qui pendaient on aurait dit qu'elles étaient vivantes, elles allaient vers eux et cherchaient leur visage et elle a emporté cette robe en pensant qu'elle ne volait rien puisque les propriétaires étaient morts et elle la gardait dans un carton et quand elle s'ennuyait trop elle la mettait un moment, elle fermait les yeux et entendait à nouveau le vent de ce jardin, un vent qui ne ressemblait à aucun autre. Elle a dit que son fiancé était grand et mince et qu'il avait des yeux noirs et brillants comme de l'anthracite. Que ses lèvres étaient faites pour vous parler à voix basse et vous rassurer. Que rien qu'à entendre la voix qui sortait de ses lèvres, elle voyait le monde autrement. Si on me le tue, elle a dit. Si on me le tue... Je lui ai dit que j'aurais beaucoup aimé avoir une nuit comme celle-là, si amoureuse, mais que j'avais du boulot à nettoyer les bureaux et à ôter la poussière et à soigner les enfants et que toutes les jolies choses de la vie, comme le vent et le lierre et les cyprès qui trouent l'air et les feuilles d'un jardin qui vont à droite et à gauche, c'était pas pour moi. Que pour moi tout était fini et que je n'attendais plus que tristesse et embêtements. Elle m'a donné du courage, elle m'a dit de pas m'en faire, que le monde serait meilleur et que tout le monde pourrait être heureux, que c'est pour ça qu'on était sur terre et pas pour y souffrir sans arrêt. Et qu'elle, sans la révolution, comme elle n'était qu'une pauvre ouvrière, elle n'aurait jamais eu une nuit de riche et d'amour comme celle qu'elle avait eue. Quoi qu'il arrive, toute ma vie j'aurai cette nuit ! avec la peur et tout, et les feuilles, le lierre, la lune qui faisait des raies et mon fiancé...

Quand je l'ai raconté à Mme Enriqueta elle s'est mise en colère et a dit que ces filles de la révolution, c'étaient toutes des effrontées, où est-ce qu'on a vu ça de passer une nuit dans une maison dont on avait peut-être tué les propriétaires, seule avec un garçon, et s'habiller comme une dame pour exciter le jeune homme, et finir par voler les robes. Elle a dit que ces choses là, c'était pas à faire, même pour rire. Et elle a dit que les enfants avaient mangé beaucoup de confiture et pendant qu'elle me disait tout ça ils étaient perchés sur une chaise, devant le tableau des langoustes à tête humaine qui sortaient de ce puits plein de fumée. Le mal que j'ai eu à les arracher de là. Une fois dans la rue, tous trois, un enfant de chaque côté, sans savoir pourquoi, une gorgée de peine brûlante venue de très loin m'est montée à la gorge. Alors, au lieu de penser au jardin, au lierre et aux raies que faisait la lune, je me suis mise à penser à la mairie et bonsoir les voisins.

XXXI

Toutes les lumières étaient bleues. On aurait dit le pays des magiciens et c'était joli. Dès que la nuit tombait tout était bleu. On avait peint en bleu les vitres des grands lampadaires et celles des petits et si on voyait un peu de lumière aux fenêtres des maisons on sifflait. Et quand on a bombardé de la mer, mon père est mort. Ce n'est pas à cause d'une bombe mais parce que, avec la frayeur, son cœur s'est arrêté et il y est resté. J'avais de la peine à m'en rendre compte parce que cela faisait longtemps qu'il était, pour moi, comme à moitié mort... comme s'il ne m'était rien, comme si je ne pouvais pas le réclamer comme mien, comme si, quand ma mère était morte, mon père était mort aussi. La femme de mon père est venue m'annoncer qu'il était mort et voir si je pouvais l'aider un peu à payer l'enterrement. J'ai fait ce que j'ai pu, c'est-à-dire pas beaucoup, et quand elle est repartie, un moment, rien qu'un moment, toute droite au milieu de ma salle à manger, je me suis revue petite fille, un ruban blanc dans les cheveux, à côté de mon père qui me donnait la main, on marchait dans des rues bordées de jardins et on passait toujours dans une rue avec des villas où il y avait un jardin avec un chien qui, lorsqu'on passait, se précipitait contre la grille et aboyait ; un moment, il m'a semblé que je recommençais à aimer mon père, ou alors il m'a semblé que, il y avait très longtemps, je l'avais aimé. Je suis allée le veiller mais je n'ai pu y rester que deux heures parce que le lendemain je devais me lever tôt pour aller nettoyer des bureaux. Quant à la femme de mon père, on peut dire que je ne l'ai plus revue. J'ai emporté un portrait de mon père que ma mère avait porté toute sa vie dans un médaillon et je l'ai montré aux enfants. C'est à peine s'ils savaient qui c'était.

Il y avait longtemps que je ne savais rien de Quimet, de Cintet ni de Mateu lorsqu'un dimanche Quimet est arrivé avec sept miliciens, chargés de ravitaillement et de misère. Sale et négligé, et les autres pareils. Les sept sont partis en disant qu'ils reviendraient le chercher le lendemain à l'aube. Quimet m'a dit qu'au front ils mangeaient mal, parce que l'organisation craquait, et qu'il était tuberculeux. Je lui ai demandé si c'était le docteur qui le lui avait dit et il m'a dit qu'il n'avait pas besoin d'aller à la visite pour savoir qu'il avait les poumons pleins de cavernes et qu'il ne voulait pas embrasser les enfants pour ne pas leur passer le microbe. Je lui ai demandé s'il pourrait guérir et il m'a dit qu'à son âge, quand on attrapait un de ces trucs, on le traînait toute sa vie, les cavernes deviennent de plus en plus profondes et quand on a les poumons comme une passoire, avec le sang qu'on perd et qui sort par la bouche parce qu'il ne sait plus où aller, on peut préparer son cercueil. Il a dit que je ne connaissais pas ma chance d'avoir une santé si solide... Je lui ai expliqué que les pigeons avaient fui et qu'il n'en restait qu'un, de ceux qui avaient des taches, maigre comme un clou, qui revenait toujours... Il a dit que sans la guerre il aurait eu sa maison et un grand pigeonnier plein de couvoirs du bas jusqu'en haut, mais il a ajouté que tout s'arrangerait et que, en revenant, il était passé par quantité de fermes où on leur avait donné du ravitaillement en pagaille. Il est resté trois jours à la maison parce que le lendemain les sept miliciens sont venus dire qu'on leur avait dit d'attendre. Pendant les trois jours qu'il est resté à la maison Quimet n'a pas arrêté de dire que nulle part au monde on n'était aussi bien que chez soi, quand la guerre serait finie il s'incrusterait dans sa maison comme un ver dans une planche et que personne n'arriverait plus à le tirer de là. Et tout en parlant il enfonçait l'ongle dans la fente de la table et faisait sauter les mies qui y étaient entrées. J'ai été très étonnée de le voir faire une chose qu'il m'arrivait de faire mais que je ne lui avais jamais vu faire avant.

Pendant les quelques jours qu'il est resté avec nous il s'endormait après le déjeuner et les enfants dans son lit dormaient avec lui. Comme ils le voyaient rarement, ils ne le quittaient pas. Cela me faisait de la peine de devoir les quitter chaque matin pour aller nettoyer des bureaux. Quimet a dit que les lumières bleues le mettaient de mauvaise humeur et que si un jour il commandait il ferait peindre toutes les lampes en rouge, comme si tout le pays avait la rougeole parce que des plaisanteries, il a dit, lui aussi il savait en faire. Et que les lumières bleues c'était quelque chose qui ne servait à rien : si on voulait bombarder on bombarderait même si les lampes étaient peintes en noir. J'ai remarqué qu'il avait les yeux très enfoncés, comme si on avait frappé dessus pour les enfoncer tout à fait. Quand il est parti, il m'a embrassée très fort et les enfants l'ont dévoré de baisers et l'ont accompagné jusqu'au bas de l'escalier, et moi aussi. Quand j'ai été entre le palier du premier et mon étage, je me suis arrêtée et j'ai suivi du doigt sur le mur les plateaux des balances, et la petite m'a dit que la joue lui faisait mal parce que la barbe de son père piquait.

Mme Enriqueta est venue me voir, quand elle savait Quimet à la maison elle ne s'avançait pas pour ne pas nous déranger, et elle m'a dit que c'était l'affaire de quelques semaines, qu'on avait perdu la guerre. Elle a dit que lorsqu'ils avaient fait leur jonction c'était comme si on avait déjà perdu et qu'ils n'avaient plus qu'à continuer à pousser. Elle a dit qu'elle se faisait du mauvais sang pour nous, que si Quimet était resté tranquille il ne nous serait rien arrivé, mais que de la manière qu'il s'était compromis allez donc savoir comment ça se terminerait. J'ai raconté à l'épicier du rez-de-chaussée ce que m'avait dit Mme Enriqueta, et il m'a dit que je ne devais me fier à personne. Et j'ai dit à Mme Enriqueta que l'épicier du rez-de-chaussée m'avait dit que je ne devais me fier à personne et elle m'a dit que l'épicier du rez-de-chaussée faisait des neuvaines pour qu'on perde la guerre, parce qu'avec la guerre il ne vendait pas grand-chose, même s'il vendait un peu en cachette et cher, sans parler du rationnement. Que l'épicier ne désirait la paix que parce qu'en faisant du marché noir il vivait dans l'angoisse et qu'il voulait en finir d'une manière ou d'une autre, mais en finir. Et l'épicier du rez-de-chaussée me disait que Mme Enriqueta ne pensait qu'aux rois. Et Julieta est revenue et m'a dit que c'étaient les vieux qui étaient gênants, qu'ils pensaient tous de travers et que la jeunesse voulait vivre sainement. Mais vivre sainement, c'était mal vu de certains, et si on voulait vivre sainement ils se ruaient sur vous comme des rats empoisonnés, vous faisaient arrêter et vous jetaient en prison.

Je lui ai parlé des enfants et je lui ai dit qu'on avait de moins en moins à manger et que je ne savais plus comment faire et que si on changeait Quimet de front, comme il m'avait dit que peut-être ça se ferait, je le verrais encore moins souvent et il ne pourrait pas m'apporter les quelques provisions qu'il m'apportait et qui nous aidaient beaucoup. Elle m'a dit qu'elle pouvait faire mettre le petit en colonie, mais que pour la petite elle ne me le conseillait pas parce que c'était une fille, le petit ça lui ferait du bien d'avoir affaire à d'autres garçons et ça l'aiderait plus tard dans la vie. Antoni, qui nous écoutait, collé à mes jupons, a dit qu'il ne voulait pas quitter la maison, même s'il n'y avait rien à manger... Mais il devenait si difficile de trouver quoi que ce soit que je lui ai dit qu'on ne pouvait pas faire autrement, que ça ne durerait pas et qu'il aimerait sûrement jouer avec des garçons de son âge. J'avais deux bouches à nourrir à la maison et je n'avais rien à mettre dedans. On la serrait plus qu'on ne saurait le dire : on se couchait tôt pour oublier un peu qu'il n'y avait rien pour le dîner. Le dimanche on ne se levait pas, pour avoir moins faim. Et on a conduit le petit à la colonie, dans un camion que Julieta avait fait venir, après l'avoir convaincu avec de bonnes paroles. Mais il se rendait compte qu'on le trompait. Il comprenait encore mieux que moi que je le trompais. Et quand on parlait de l'emmener à la colonie, les jours qui ont précédé son départ, il baissait la tête et n'ouvrait pas la bouche, comme si les grandes personnes n'avaient pas existé. Mme Enriqueta lui a promis d'aller le voir. Je lui ai dit que j'irais tous les dimanches. Le camion a quitté Barcelone avec nous dessus et une valise en carton attachée avec une ficelle, et il a pris la route blanche qui menait au mensonge.

XXXII

On a monté un escalier en pierre, très étroit, avec de grandes marches, serré entre les murs et le plafond, et on est sortis sur une terrasse pleine de garçons. On les avait tondus, toutes les têtes étaient couvertes de bosses et on ne voyait que leurs yeux. Ça criait et ça courait, et quand ils nous ont vus ils se sont tus les uns après les autres et nous ont regardés comme s'ils n'avaient jamais vu personne. Une jeune monitrice s'est approchée et nous a fait entrer dans un bureau, on a dû traverser toute la terrasse et passer au milieu des enfants. La monitrice nous a demandé de nous expliquer et Julieta lui a montré un papier et lui a dit que je n'avais rien à manger et que je voulais laisser mon enfant à la colonie parce que là, au moins, il mangerait. La monitrice l'a regardé et lui a demandé s'il voulait rester ; et le garçon, bouche cousue. Alors elle s'est tournée vers moi et je l'ai regardée et je lui ai dit qu'on avait fait le voyage pour conduire l'enfant à la colonie et que, du moment qu'on l'y avait amené, il devait y rester et la monitrice a dit, en me regardant bien en face quoique avec un regard bienveillant, que tous ces enfants venaient d'arriver et que, peut-être, le mien n'y était pas à sa place. Elle l'a regardé à nouveau et j'ai bien compris qu'elle le regardait et le voyait tel qu'il était : comme une fleur.

Avec tout le mal qu'il m'avait donné les premiers mois après sa naissance, c'était à ne pas croire qu'il ait pu devenir si beau, avec sa mèche de cheveux qui tombait sur son front, luisante comme une eau noire, et ses cils d'artiste. Et une peau de satin : tous les deux. Aussi bien Antoni que Rita. Ils n'étaient pas comme avant la guerre, bien sûr, mais ils étaient beaux quand même. J'ai dit que je le laissais et, avec Julieta, on s'est dirigées vers la porte, alors Antoni s'est jeté sur moi comme un serpent désespéré, en pleurant à chaudes larmes et me demandant à grands cris de ne pas le laisser, qu'il voulait rester à la maison, qu'il n'aimait pas les colonies, ne me laisse pas, ne me laisse pas, ne me laisse pas. J'ai montré un cœur de pierre, je l'ai écarté et lui ai dit de pas pousser, qu'il n'y avait rien à faire, qu'il fallait qu'il reste et qu'il resterait. Là il serait très bien, il se ferait tout de suite des amis et il jouerait avec les autres garçons et il m'a répondu qu'il les avait déjà vus, qu'ils étaient tous méchants et qu'ils le battraient, et qu'il ne voulait pas rester. Julieta était partie pour ne pas céder ; moi, je tenais bon. La monitrice avait des gouttelettes de sueur sur le front et Rita, qui tenait Julieta par la main, a dit qu'elle voulait Antoni. Alors je me suis penchée vers le petit et je lui ai expliqué très clairement que c'était impossible, qu'on n'avait rien à manger, que si je le gardais à la maison on mourrait tous de faim. Que d'ailleurs il ne resterait pas longtemps à la colonie, juste le temps que les choses s'arrangent, ce qui ne tarderait pas... Lui, les yeux baissés, les lèvres serrées, les bras ballants, et lorsque je croyais l'avoir convaincu et qu'on allait sortir, il a remis ça. Il m'a foncé dessus, s'est accroché à mes jupes et ne me laisse pas, ne me laisse pas ou je vais mourir et tout le monde me battra ; et moi tu ne vas pas mourir et on ne te battra pas, et on s'est enfuies, Julieta devant et moi qui traînais Rita, on a traversé cette nuée de gamins tondus, et avant de descendre l'escalier je me suis retournée et je l'ai vu debout, à l'autre extrémité de la terrasse, donnant la main à la monitrice. Il avait les yeux secs et on aurait dit un vieillard.

Julieta a dit qu'elle n'aurait pas pu, elle, et le chauffeur, un ami de Julieta, a demandé comment ça s'était passé, je le lui ai expliqué et on est revenus vers Barcelone sans dire un mot comme si tous ensemble on avait commis une vilaine action. A mi-chemin il s'est mis à pleuvoir et l'essuie-glace allait d'un côté à l'autre et essuyait tant et plus, et comme un fleuve de larmes l'eau glissait sur la vitre.

Mme Enriqueta allait voir Antoni tous les dimanches ; au retour, elle disait toujours bien... très bien... Moi, je n'avais pas le temps. Rita pouvait manger un peu plus, mais dans ses yeux on voyait qu'elle se languissait d'Antoni et d'ailleurs elle n'ouvrait pas la bouche. Quand je rentrais à la maison je la trouvais toujours à l'endroit où je l'avais laissée. S'il faisait sombre, près du balcon. Si les sirènes avaient sonné, contre la porte, les lèvres tremblantes, mais sans rien dire. Comme une gifle. Comme dix gifles. Jusqu'au jour où un milicien a frappé à la porte pour me dire que Cintet et Quimet étaient morts comme des hommes. Et il m'a donné tout ce qui restait de Quimet : sa montre.

Je suis montée à la terrasse pour trouver un peu d'air. Je me suis approchée de la balustrade, du côté de la rue, et je suis restée immobile un long moment. Le vent soufflait. Les fils de fer où on mettait le linge à sécher, rouillés à force de ne pas servir, se balançaient, et la porte du grenier, pam, pam... Je suis allée la fermer. A l'intérieur, au fond, ventre en l'air, il y avait un pigeon, celui à lunettes. Il avait les plumes du cou mouillées par la sueur de l'agonie. Ses petits yeux chassieux. De la plume et des os. J'ai touché ses pattes, juste effleurées du bout des doigts, ses pattes repliées en dedans, avec ses petits doigts crochus. Il était déjà froid. Je l'ai laissé là, dans ce qui avait été sa demeure. J'ai fermé la porte. Et je suis redescendue.

XXXIII

Il m'était arrivé d'entendre dire : cette personne est en liège et je ne comprenais pas ce qu'on voulait dire. Pour moi, le liège, c'était un bouchon. S'il ne rentrait pas bien dans le goulot de la bouteille, une fois qu'on l'avait débouchée, on le retaillait avec un couteau, comme un crayon. Le liége geignait. Et il était difficile à tailler parce qu'il n'était ni dur ni mou. Et j'ai fini par comprendre ce qu'on voulait dire quand on disait qu'une personne était en liège... parce que, moi aussi, j'étais en liège. Je ne l'étais pas, mais j'ai dû me transformer. Et mon cœur était de neige. J'ai dû devenir de liège pour pouvoir tenir le coup, car si au lieu d'être de liège et d'avoir un cœur de neige j'avais été, comme avant, de chair, qui souffre quand on la pince, je n'aurais pas pu passer par un pont si haut et si étroit et si long. J'ai mis la montre dans un tiroir et j'ai pensé qu'elle serait à Antoni plus tard. Je ne voulais pas penser que Quimet était mort. Je voulais croire que c'était comme avant : qu'il était au front et qu'à la fin de la guerre il reviendrait, avec son mal à la jambe et les poumons tout pleins de trous et que Cintet viendrait nous voir avec les yeux hors de la tête, ces yeux ensorcelés tellement ils étaient calmes, et sa bouche tordue. La nuit, quand je me réveillais, j'étais en dedans comme une maison quand les déménageurs viennent et qu'ils mettent tout sens dessus dessous. Voilà comment j'étais par-dedans : les armoires dans l'entrée, les chaises jambes en l'air et des tasses par terre, prêtes à être enveloppées dans du papier et rangées dans une boîte pleine de paille, le sommier et le lit défaits contre le mur, tout en désordre. J'ai pris le deuil comme j'ai pu, parce que pour Quimet je l'ai observé, ce n'est pas comme avec mon père, sous prétexte que tout était trop bouleversé pour songer à des deuils et à des machins de ce genre. Je circulais dans les rues, sales et tristes le jour, sombres et bleues la nuit, toute en noir avec, en haut, une espèce de tache blanche, mon visage, qui devenait tout petit.

Griselda est venue me voir. Me présenter ses condoléances, elle a dit. Elle avait des souliers en peau de serpent, le sac qui allait avec, et une robe blanche à fleurs rouges. Elle m'a dit qu'elle avait des nouvelles de Mateu, il allait bien, même si chacun refaisait sa vie de son côté ils étaient restés amis à cause de la petite. Elle n'aurait jamais cru que Quimet et Cintet, si gosses, puissent mourir. Elle était plus jolie que jamais : plus fine, plus blanche de peau, les yeux d'une eau plus verte, et plus calme encore, comme les fleurs qui le soir se ferment pour dormir. Je lui ai raconté que j'avais le petit dans une colonie d'enfants réfugiés ; elle m'a regardé avec ses yeux de menthe et a dit qu'elle le plaignait, qu'elle ne le disait pas pour me donner du souci, mais il fallait avouer que les colonies étaient une triste chose.

C'est vrai. Griselda avait raison : la colonie était quelque chose de très triste... Quand le moment est venu pour le petit de revenir, Julieta est allée le chercher. C'était un autre enfant. On me l'avait changé. Il était enflé, ventru, les joues rondes, avec deux os en guise de jambes, noir de soleil, la boule à zéro, plein de croûtes et une glande au cou. Il ne m'a même pas regardée. Il est allé tout de suite dans le coin de ses jouets et les a touchés de la pointe du doigt comme j'avais touché les petits doigts du pigeon aux lunettes, et Rita lui a dit qu'elle n'avait rien cassé. Et pendant qu'ils s'amusaient tous deux avec leurs jouets, Julieta et moi on se regardait et on a entendu Rita lui dire que papa était mort à la guerre, que tout le monde mourrait à la guerre et que la guerre était quelque chose qui tuait tout le monde. Elle lui a demandé si on entendait les sirènes à la colonie... Julieta, avant de partir, a dit qu'elle tâcherait de nous porter des boîtes de lait et des conserves de viande. Ce jour-là, pour dîner, on a eu une sardine et une tomate moisie. Si on avait eu du chat on n'aurait pas craché dessus.

Et on a dormi dans le même lit. Moi au milieu et un enfant de chaque côté. S'il fallait mourir on mourrait ainsi. Et si la nuit il y avait une alerte et que les sirènes nous réveillent, on ne disait rien. On restait tranquilles, à écouter, et quand l'alerte était finie on se rendormait si on le pouvait, aucun de nous ne savait si les autres dormaient parce qu'on ne parlait jamais.

Le dernier hiver a été le plus triste. On prenait les garçons de seize ans. Les murs étaient couverts d'affiches. Moi qui n'avais pas compris cette affiche qui disait que nous devions faire des tanks, cette affiche qui nous avait tellement fait rire, Mme Enriqueta et moi, si j'en trouvais un morceau sur un mur je ne riais plus du tout. Il y avait, dans les rues, des hommes très âgés qui apprenaient à faire la guerre. Jeunes et vieux, tout le monde à la guerre, et la guerre les suçait et leur donnait la mort. Beaucoup de larmes, beaucoup de mal en dedans et en dehors. Parfois je pensais à Mateu. Je le voyais debout dans le couloir, comme en chair et en os, tellement que j'en étais effrayée, avec ses yeux bleus, amoureux de Griselda, de Griselda qui en aimait un autre. Et cette voix de Mateu quand il m'avait dit qu'ils devaient tous y aller. Et tous étaient attrapés, les uns après les autres, comme les souris dans la souricière. Rien à faire. Rien à faire. Avant de vendre les deux monnaies en or du Père Joan, j'ai tout vendu : les draps de lit brodés, le service de table neuf, les couverts... Mes camarades de travail de la mairie m'achetaient les choses et les revendaient en faisant du bénéfice. Tout juste si je pouvais acheter un peu de ravitaillement, je n'avais presque pas d'argent et il n'y avait pas de quoi manger. Le lait était sans lait. La viande, c'était du cheval, à ce qu'on disait.

Les gens ont commencé à partir. L'épicier du rez-de-chaussée disait : voyez, voyez, des journaux et des affiches et puis... zou, tout le monde se taille. Le dernier jour il faisait du vent et il faisait froid, le vent faisait voler les papiers déchirés qui remplissaient les rues de taches blanches. Et le froid dans le cœur, on n'arrivait pas à le chasser. Comment on a vécu ces jours-là, je me le demande. Le temps que les uns sont partis et que les autres sont arrivés, je me suis enfermée dans l'appartement. Mme Enriqueta m'a apporté quelques boîtes d'un magasin du quartier que les gens avaient pillé. Je ne sais qui m'a dit qu'on donnait à manger quelque part et j'y suis allée. En revenant, l'épicier était sur le seuil et ne m'a pas saluée. L'après-midi je suis allée voir Mme Enriqueta, elle m'a dit qu'on avait fait un pas en avant et qu'elle était sûre qu'on aurait de nouveau un roi. Et elle m'a donné la moitié d'une escarole. On vivait. On vivait encore. Et je ne savais rien de ce qui se passait jusqu'au jour où Mme Enriqueta est venue me dire qu'elle savait de bonne source qu'on avait fusillé Mateu au milieu d'une place, et quand je lui ai demandé au milieu de quelle place, parce que je ne savais que dire, elle a dit que c'était au milieu d'une place, mais qu'elle ne savait pas laquelle, oui, oui, tu peux me croire, on les fusille tous au milieu d'une place. Il m'a fallu cinq bonnes minutes pour réaliser tout mon malheur et j'ai dit tout bas, comme si mon âme venait de mourir dans mon cœur, pas ça... pas ça... Parce que c'était impossible qu'ils aient fusillé Mateu au milieu d'une place. C'était impossible ! et Mme Enriqueta m'a dit que si elle avait su que j'allais le prendre comme ça, avec tout le sang qui m'avait quitté le visage, elle ne m'aurait rien dit du tout.

Sans travail, sans rien en vue, j'ai fini de vendre ce qui me restait : mon lit de jeune fille, le matelas du lit aux colonnes, la montre de Quimet que je voulais donner à Antoni lorsqu'il serait grand. Tout le linge. Les coupes, les tasses, le buffet... Et quand il ne me restait rien en dehors de ces monnaies qui me semblaient sacrées, j'ai fait taire ma fierté et je suis allée chez mes anciens patrons.

XXXIV

De nouveau un tram a dû s'arrêter net quand je traversais la Grand-Rue. Le conducteur m'a attrapée et j'ai vu des gens qui rigolaient. Au magasin des toiles cirées je me suis arrêtée en faisant semblant de regarder, mais à vrai dire je ne voyais rien : des taches de couleur, des ombres de poupées... De la porte sortait cette vieille odeur de toile cirée qui entrait dans mon nez et pénétrait jusque dans mon cerveau et le troublait. La boutique de l'épicier aux vesces était ouverte. Une bonne balayait la rue devant la pension du coin de la rue ; au bar, on avait mis un rideau d'une autre couleur et il y avait de nouveau des tonneaux avec des fleurs. Je suis allée vers la porte du jardin et, machinalement, j'ai appuyé sur la poignée de la porte et j'ai dû forcer beaucoup ; elle avait toujours été dure à ouvrir, mais depuis le temps ça avait empiré. J'ai pu quand même ouvrir un peu et, par l'ouverture, j'ai passé la main pour décrocher la chaîne... Et tout à coup j'ai réfléchi, j'ai ôté ma main et j'ai refermé la porte qui raclait par terre et j'ai sonné. Aussitôt le monsieur au cache-poussière est apparu en haut de la galerie, il a regardé et puis a disparu : il venait ouvrir.

— Vous désirez ?

Il a dit vous désirez d'une voix aussi sèche qu'un coup

de fouet. J'ai entendu quelqu'un marcher sur le sable, c'était la dame qui venait voir qui avait sonné. Dès qu'elle a été là, Monsieur est parti et nous a laissées seules. Madame et moi on est montées aussi dans le jardin, on s'est arrêtées devant la cour cimentée. Le gosse était dans le bassin, qui était vide, et avec une truelle il raclait l'écume verte du savon. Il ne m'a pas reconnue. J'ai dit à Madame que je cherchais du travail, que j'avais pensé que chez eux, peut-être... Monsieur, qui devait nous entendre, est sorti et a dit qu'ils n'avaient de travail pour personne, que si quelqu'un cherchait du travail il n'avait qu'à monter là-haut, qu'ils avaient beaucoup perdu et qu'il leur fallait récupérer ce qu'ils avaient perdu et que les révolutionnaires, à dégager ! Et ils ne voulaient pas d'embêtements, ni de pouilleux chez eux, ils aimaient mieux avoir leur maison sale que d'avoir affaire à des pouilleux. Madame lui a dit de se calmer et a dit, en me regardant, que la guerre lui avait abîmé les nerfs, qu'il se mettait dans tous ses états pour un rien... mais c'était vrai pourtant qu'ils devaient faire des économies, la preuve que même le petit, le pauvre, devait nettoyer le bassin, pas question pour eux d'avoir une femme de ménage. Quand je leur ai dit que Quimet était mort à la guerre, Monsieur a dit qu'il le regrettait bien mais que ce n'était pas lui qui l'y avait envoyé. Il a dit que j'étais une rouge et a ajouté : vous comprenez ? une personne de votre espèce nous compromettrait plutôt, ce n'est pas notre faute, et Madame m'a raccompagnée et quand on a été près du jet d'eau elle s'est arrêtée et a dit que c'était le contrecoup, elle voulait parler de son gendre, parce que la « promenade », sur le moment il l'avait supportée, mais ensuite il n'avait pas pu la digérer et il lui en était resté comme des aigreurs, et elle m'a dit qu'eux-mêmes ils en souffraient beaucoup. Je suis sortie dans la rue et je l'ai aidée à refermer la porte en la poussant du genou, elle a dit que le bois avait gonflé à cause des pluies et que c'était pour ça qu'elle frottait. Devant l'épicerie aux vesces je me suis arrêtée pour souffler ; la boutique était à moitié vide et il n'y avait pas de sacs dehors. J'ai continué mon chemin et je me suis arrêtée devant la boutique aux toiles cirées pour regarder les poupées et un petit ours en peluche blanc, avec l'intérieur des oreilles en velours côtelé, noir, et des pantalons à bretelles également en velours noir. Au cou un ruban bleu. Le bout du nez en velours noir. Il me regardait. Il était assis aux pieds d'une poupée très jolie. Il avait des yeux orange et la pupille brillante et sombre comme un puits ; et avec ses bras ouverts, et la plante de ses pieds toute blanche, on aurait dit un pantin. J'y ai pris tant de plaisir que je ne me rappelle pas le temps que j'y suis restée, puis je me suis sentie très fatiguée et au moment où j'allais traverser la Grand-Rue, j'avais déjà un pied sur la chaussée et l'autre encore sur le trottoir, c'était en plein jour et il n'y avait plus de lumières bleues, je les ai vues quand même. Je suis tombée, comme une masse. En montant l'escalier de la maison je me suis arrêtée pour souffler à la hauteur des balances, et je ne me souvenais pas de ce qui s'était passé, comme si entre le moment où j'étais descendue du trottoir et le moment où j'étaïs arrivée aux balances il y avait eu un trou.

Mme Enriqueta m'a trouvé du travail chez un concierge : le samedi je devais laver l'escalier et deux fois par semaine, le matin, j'allais nettoyer une salle où on montrait des films de tout ce qui se passait dans le monde. Mais tout ça n'était qu'une goutte d'eau dans la mer. Et une nuit, avec Rita d'un côté et Antoni de l'autre, les baleines de leurs côtes qui leur perçaient la peau et tout le corps où se dessinaient leurs veines bleues, je me suis dit que je les tuerais. Je ne savais pas comment. A coups de couteau, c'était impossible. Leur bander les yeux et les lancer par-dessus le balcon, impossible... Et s'ils se cassaient seulement une jambe ? Ils avaient plus de force que moi, plus de vigueur qu'un chat maigre. C'était impossible. Je me suis endormie avec la tête sur le point d'éclater et les pieds glacés. Alors j'ai vu des mains. Le plafond de la chambre est devenu mou comme un nuage. C'étaient des mains en coton hydrophile, sans os. A mesure qu'elles descendaient, elles devenaient transparentes, comme mes mains à moi, quand j'étais petite fille et que je les regardais contre le soleil. Ces mains, au plafond, étaient jointes, et en descendant elles se séparaient, et les enfants, pendant ce temps, n'étaient plus des enfants. C'étaient des œufs. Et les mains attrapaient les enfants, dans leur coquille, avec un jaune dedans, les levaient délicatement puis commençaient à les secouer : d'abord sans se presser, puis rageusement, comme si toute la rage contre les pigeons et contre la guerre perdue avait animé ces mains qui secouaient mes enfants. Je voulais crier mais ma voix n'arrivait pas à sortir. Je voulais crier pour que les voisins viennent, pour que la police vienne, pour que quelqu'un vienne qui attraperait ces mains, et quand le cri était sur le point de jaillir, j'ai réfléchi et je l'ai rentré, la police m'aurait arrêtée parce que Quimet était mort à la guerre. Il fallait en finir. J'ai cherché l'entonnoir. Ça faisait deux jours qu'on n'avait rien mangé. Ça faisait longtemps que j'avais vendu les deux pièces d'or du Père Joan, je les avais vendues comme si on m'avait arraché à vif toutes les dents de la bouche. Tout était fini. Où était l'entonnoir ? Où est-ce que je l'avais mis ? J'avais presque tout vendu mais j'étais sûre de ne pas avoir vendu l'entonnoir. Où était-il donc ? Après l'avoir beaucoup cherché et avoir tout remué, je l'ai trouvé, retourné sur l'armoire de la cuisine. Montée sur une chaise je l'ai trouvé là, qui m'attendait. Retourné et couvert de poussière. Je l'ai pris et je l'ai lavé, je ne sais pourquoi, puis je l'ai rangé dans l'armoire. Il ne restait plus qu'à acheter l'acide chlorhydrique. Quand ils dormiraient, l'un après l'autre, je leur mettrais l'entonnoir dans la bouche et je verserais l'acide dedans. Après je ferais pareil pour moi et comme ça on en finirait, tout le monde serait content, on ne faisait de mal à personne et personne ne nous aimait.

XXXV

Je n'avais pas un sou pour aller acheter l'acide. L'épicier du dessous ne me regardait même plus. Je ne crois pas d'ailleurs qu'il était méchant, mais il avait peur, avec tous ces miliciens qui avaient fréquenté la maison. Comme dans une illumination j'ai pensé à l'épicier qui vendait les vesces. J'irais avec la bouteille, je demanderais l'acide et au moment de payer j'ouvrirais le porte-monnaie et je dirais que j'avais oublié l'argent, que je reviendrais payer le lendemain. Je suis sortie sans porte-monnaie et sans bouteille. Je n'ai pas eu le courage. Je suis sortie, je ne sais plus quoi faire. Pour sortir, simplement. Les trams n'avaient pas de vitres, que des grilles à moustiques. Les gens étaient mal habillés.

Tout se remettait mal, encore, de la grande maladie. Et je me suis lancée à marcher dans les rues, comme ça, en regardant les gens qui ne me voyaient pas et en pensant qu'ils ne savaient pas que je voulais tuer mes enfants en leur brûlant les entrailles avec de l'acide. Et je me suis mise à suivre, sans m'en rendre compte que je la suivais, une femme très grosse qui avait une mantille et portait deux cierges à moitié enveloppés dans du papier journal. Le ciel était un peu couvert. Quand le soleil se montrait, la mantille de la dame brillait et l'arrière de son manteau aussi, un manteau couleur de mouche comme la soutane du Père Joan. Un monsieur qui venait en sens inverse a salué la dame, ils se sont arrêtés un moment et j'ai fait semblant de regarder une vitrine, je voyais le visage de la dame dans la glace, elle avait un visage avec des joues de chien et elle s'est mise à pleurer et, à un moment donné, elle a levé un peu son bras pour montrer les cierges au monsieur. Ils se sont serré la main et chacun a continué son chemin et j'ai de nouveau suivi la dame, parce que cela me tenait compagnie de la regarder et de regarder sa mantille que l'air de la marche gonflait un peu de chaque côté. Le soleil est resté un long moment caché, tout s'est assombri et il s'est mis à bruiner ; avant la pluie, déjà, un trottoir était mouillé d'humidité et l'autre sec. La pluie les a tout de suite rendus pareils. La dame aux cierges portait un parapluie et elle l'a ouvert, il est vite devenu brillant et des gouttes n'ont pas tardé à tomber à l'extrémité des baleines. Une goutte lui tombait toujours au milieu du dos, comme si à chaque fois c'était la même, et glissait peu à peu. Moi, je prenais la pluie. Mes cheveux se mouillaient et la dame avançait, avançait, comme un scarabée, décidée et têtue, et moi par-derrière jusqu'à ce qu'elle arrive devant une église, alors elle a fermé son parapluie, un parapluie d'homme, et l'a pendu à son bras. A ce moment, j'ai vu un jeune homme qui avait perdu une jambe, il est venu vers moi et m'a demandé comment j'allais, et moi, tout en ayant l'impression de le connaître, je n'arrivais pas à me rappeler qui c'était, et il m'a demandé des nouvelles de mon mari et il m'a dit qu'il avait maintenant un atelier à lui, qu'il avait fait la guerre de l'autre côté et que cela donnait bien des facilités pour vivre ; je n'arrivais toujours pas à me rappeler qui c'était, tout en sachant que je le connaissais, il m'a tendu la main et est parti après m'avoir dit qu'il regrettait beaucoup la mort de mon mari ; et quand il pouvait être à une cinquantaine de pas cela m'est revenu d'un coup, comme si on me l'avait soufflé, que c'était l'apprenti de Quimet, cet apprenti qui ne lui servait pas à grand-chose.

La dame au parapluie d'homme et aux cierges était toujours devant le portail de l'église. Elle cherchait dans son porte-monnaie une pièce pour une malheureuse vêtue de haillons, qui tenait dans ses bras un enfant à moitié nu, et la dame avait bien du mal à ouvrir son porte-monnaie, avec les cierges et le parapluie, une baleine s'était accrochée au revers de sa poche et le rien de vent qui poussait la mantille sur un côté devait l'empêcher d'y voir. Quand elle a eu fait l'aumône elle est entrée dans l'église par la petite porte et moi, sans réfléchir, j'en ai fait autant. L'église était pleine de monde et le curé allait d'un côté à d'autre, suivi de deux enfants de chœur qui le servaient, vêtus de rochets amidonnés qui se terminaient par une bande de dentelle large deux fois comme la main. La chasuble du curé était blanche, en soie à ramages, entourée d'un entre-deux doré, et, au milieu, il y avait la croix, en pierreries claires ; d'entre les bras de la croix, à la jointure, sortaient des rayons de lumière rouge, ça voulait être de la lumière et ça ressemblait à du sang. Je me suis approchée peu à peu du maître-autel. Je n'étais pas entrée dans une église depuis le jour de mon mariage. Des fenêtres étroites et hautes, dont certaines par leurs vitraux cassés laissaient voir des morceaux de ciel couvert, descendaient des taches colorées, et le maître-autel, plein de lis aux rameaux et aux feuilles en or fin, était un cri d'or qui s'élevait tout droit, en suivant les colonnes, jusqu'aux pointes de la voûte qui le recueillaient et l'envoyaient au ciel. La dame au parapluie d'homme allumait ses cierges et pendant qu'elle les allumait et qu'elle les faisait tenir, sa main tremblait. Quand elle a eu fini, elle a fait le signe de la croix et elle est restée debout comme moi. Les gens s'agenouillaient et je les regardais faire, sans penser à m'agenouiller aussi. La dame elle aussi restait debout, peut-être parce qu'elle ne pouvait pas s'agenouiller, et puis ç'a été l'encens et pendant qu'il se répandait j'ai vu les boulettes au-dessus de l'autel. Une montagne de boulettes sur un côté de l'autel, au pied d'un bouquet de lis, et la montagne de boulettes augmentait ; elles naissaient les unes à côté des autres, comme des bulles de savon, très serrées, bien entassées, les unes à côté des autres et toute cette montagne de boulettes grandissait, grandissait encore, et le curé l'a peut-être vue parce que, à un moment donné, il a ouvert les bras, les mains près de la tête comme s'il voulait dire Sainte Vierge ! et j'ai regardé les gens, je me suis retournée et j'ai regardé ceux qui étaient derrière moi, jusqu'au fond de l'église, ils avaient tous la tête baissée et ne pouvaient pas voir les boulettes, si serrées et si nombreuses qu'elles débordaient de l'autel, qu'elles tomberaient bientôt aux pieds des enfants de chœur qui priaient. Et ces boulettes, couleur de raisin blanc, viraient peu à peu au rose, puis au rouge. Elles étaient de plus en plus brillantes. Le temps de fermer les yeux pour les laisser se reposer et pour vérifier dans l'obscurité si ce que je voyais était bien vrai, lorsque je les ai ouverts de nouveau les boulettes étaient encore plus lumineuses. Tout un côté de la montagne était déjà rouge. Ces boulettes étaient comme les œufs des poissons, comme ces œufs qu'on trouve dans une petite bourse à l'intérieur des poissons, qui ressemble à la petite maison des bébés à leur naissance, et ces boulettes naissaient dans l'église comme si l'église avait été le ventre d'un grand poisson. Bientôt, si cela continuait, toute l'église serait pleine de boulettes qui couvriraient les gens et les autels et les chaises. On a commencé à entendre des voix lointaines, des voix qui semblaient venir du grand puits de la peine.

qui semblaient sortir, éteintes, de cous coupés, de lèvres qui ne pouvaient pas dire des paroles et toute l'église est restée morte : le curé figé devant l'autel, avec sa chasuble en soie et la croix de sang et de pierreries, les gens tachés par les ombres colorées des vitraux des fenêtres hautes et étroites. Rien ne vivait plus, excepté les boulettes qui se répandaient, en sang à présent et qui sentaient le sang, et leur odeur chassait celle de l'encens. Rien qu'une odeur de sang, qui est l'odeur de la mort, et personne ne voyait ce que je voyais car tout le monde gardait la tête baissée. Par-dessus les voix qui venaient de loin et qu'on ne comprenait pas s'est élevé le chant des anges, mais un chant d'anges en colère se fâchant après les gens et leur expliquant qu'ils étaient en présence des âmes de tous les soldats morts à la guerre et le chant leur disait de regarder le mal que Dieu faisait verser de l'autel, que Dieu leur montrait le mal commis afin que tout le monde se mette à prier pour en finir avec le mal. Et j'ai vu la femme aux cierges qui était aussi restée debout sans doute parce qu'elle ne pouvait pas s'agenouiller, elle avait les yeux qui lui sortaient de la tête, on s'est regardées et on est restées un moment à se regarder, sous le coup du charme, elle aussi devait voir les soldats morts, elle aussi les voyait, ses yeux me le disaient, ses yeux d'une peronne à qui on a tué un être cher à coups de fusil au milieu d'un champ. Effrayée par les yeux de cette femme je suis sortie en piétinant à moitié des gens agenouillés et dehors la pluie fine tombait comme lorsque j'étais entrée. Et tout était pareil.

Et là-haut, vite, là-haut, vole, Colometa, vole... Avec ma figure comme une tache blanche sur mes vêtements de deuil... vite, Colometa, derrière toi il y a toute la peine du monde, débarrasse-toi de la peine du monde, Colometa. Cours, vite. Cours plus vite encore, que les boulettes de sang ne t'arrêtent pas, ne te laisse pas rejoindre, vole là-haut, monte l'escalier, vers la terrasse, vers ton pigeonnier... vole, Colometa, vole, vole, avec des yeux ronds et des trous sur le bec en guise de narines... et je courais vers la maison et tout le monde était mort. Ceux qu'on avait tués étaient morts et ceux qui étaient restés vivants étaient morts aussi, ils vivaient comme si on les avait tués. J'ai grimpé l'escalier et mes tempes me perçaient les côtés du front, j'ai ouvert la porte, je n'arrivais pas à trouver le trou de la serrure pour y mettre la clé, j'ai refermé la porte et j'y ai appuyé mon dos, en respirant comme si j'étouffais, et j'ai vu Mateu qui me tendait la main et me disait qu'il n'y avait rien d'autre à faire...

XXXVI

Je suis sortie de chez moi en tenant le porte-monnaie dans la main, un petit porte-monnaie, rien que pour les centimes, et le cabas avec la bouteille. J'ai descendu l'escalier comme on descendrait un escalier qui n'en finirait pas, et au bout, il y aurait l'enfer. Il y avait des années qu'on ne l'avait peint. Si on portait un costume sombre et qu'on frôlait le mur, il restait tout blanc. Tout ce que le bras pouvait atteindre était couvert de dessins, de bonshommes et d'inscriptions, tout ça à moitié effacé. Il n'y avait que les balances qu'on voyait distinctement, celui qui les avait dessinées les avait burinées en profondeur. La rampe était humide et collante. Il avait plu toute la nuit. Comme l'escalier qui partait de devant l'armoire, chez mes patrons, celui-ci, jusqu'au premier, était marqueté. Du premier jusqu'à notre appartement, il était en briques rouges avec une arête en bois. Je me suis assise par terre. Il était très tôt et on n'entendait aucun bruit. J'ai regardé la bouteille, à la faible lueur de l'escalier elle brillait, et j'ai pensé aux choses que j'avais vues la veille et j'ai pensé que ça devait être la faiblesse, j'ai pensé que j'aimerais pouvoir descendre l'escalier en rebondissant comme une balle, descendre, descendre et, tout en bas, pouf ! Je me suis levée et ça m'a coûté de le faire. Mes articulations s'étaient rouillées. Quand les articulations se rouillent, disait ma mère, bonsoir. Ça m'a coûté de me lever et j'ai achevé de descendre le tronçon marqueté, en tenant bien fort la rampe de peur de glisser. L'escalier puait la plume. Il y en avait dans une poubelle, à l'entrée. Un homme farfouillait dans toutes les poubelles... La veille, en courant vers la maison, j'avais un instant pensé que je pourrais peut-être demander l'aumône. Faire comme cette femme, sur le parvis de l'église, qui tendait la main vers la dame au parapluie d'homme. Je pourrais aller avec les enfants tendre la main... dans une rue un jour, dans une autre le lendemain... aujourd'hui une église, demain une autre... pour l'amour de Dieu... pour l'amour de Dieu... L'homme qui fouillait les poubelles devait avoir trouvé quelque chose ; il a ouvert son sac et y a jeté ce qu'il avait trouvé. Une des poubelles n'avait pas son couvercle et on y voyait de la sciure humide. Peut-être sous la sciure y avait-il quelque chose de bon à manger, un croûton de pain peut-être... mais qu'est-ce qu'un morceau de pain pour venir à bout de la faim ?... Pour manger de l'herbe, il fallait avoir la force d'aller en chercher, et l'herbe n'est rien, après tout... J'avais appris à lire et à écrire et ma mère m'avait habituée à porter des robes blanches. J'avais appris à lire et à écrire et je vendais des gâteaux et des bonbons et des crottes en chocolat ou des chocolats avec de la liqueur dedans. Dans la rue, j'étais une personne parmi d'autres personnes. J'avais appris à lire et à écrire, et j'avais travaillé, j'avais eu un patron... Une goutte d'eau est tombée d'un balcon, toute froide, sur mon nez. J'ai traversé la Grand-Rue. Dans certaines boutiques il commençait à y avoir des choses à vendre ; des passants qui en avaient les moyens entraient dans ces boutiques. Je pensais à tout cela pour me distraire, pour ne pas penser à la bouteille dans le cabas, luisante et verte. Et je regardais les choses comme si je ne les avais jamais vues ; peut-être parce que le lendemain je ne pourrais plus regarder, ce n'est pas moi qui regarde, ce n'est pas moi qui parle, ce n'est pas moi qui vois. Le lendemain aucune chose, belle ou laide, ne s'arrêterait plus devant mes yeux. Pour le moment elles s'y arrêtaient encore, elles restaient toutes devant mes yeux comme si, avant de mourir, elles avaient voulu y vivre à jamais. Et le miroir de mes yeux retenait tout. Dans le magasin aux toiles cirées il n'y avait plus l'ours, et quand j'ai vu qu'il n'y était plus je me suis aperçue que j'avais très envie de le revoir, avec ses culottes en velours, assis comme un pantin... Dans mon nez il y avait encore la puanteur des plumes de la poubelle, et il s'y mêlait maintenant l'odeur des toiles cirées, je marchais avec les deux odeurs dans mon nez jusqu'à ce que je passe devant la parfumerie, il en est venu une bouffée de parfum de savon et d'eau de Cologne, de la vraie. Peu à peu j'approchais de l'épicerie aux vesces. Il n'y avait pas de sacs dans la rue. A cette heure, chez mes anciens patrons, Madame préparait le déjeuner et le gosse, dans la cour, jouait aux billes. Les murs du sous-sol, avec cette pluie, étaient trempés et un duvet d'humidité s'ajoutait au duvet d'humidité qui ressemblait à du sel et qui brillait. L'épicier se tenait derrière son comptoir. Il y avait deux jeunes filles et une dame. Il m'a semblé que je connaissais de vue l'une des jeunes filles. L'épicier les a servies et a servi la dame, et moi j'avais mal aux jambes de me tenir droite. Quand ç'a été mon tour, une autre femme est entrée. J'ai posé la bouteille sur le comptoir et j'ai dit : de l'acide chlorhydrique. Et au moment de payer, alors qu'il sortait encore un peu de fumée du col de la bouteille, entre le verre et le bouchon, j'ai ouvert mon porte-monnaie et, faisant celle qui n'en revient pas, j'ai dit que j'avais oublié l'argent à la maison. Le droguiste m'a dit que c'était sans importance, qu'il ne me fallait pas revenir exprès, que je le paierais en passant, un autre jour, n'importe quand, quand ça m'arrangerait. Il m'a demandé des nouvelles de mes patrons et je lui ai dit qu'il y avait longtemps que je ne travaillais plus chez eux, depuis le début de la guerre ; et il m'a dit qu'il avait fait la guerre lui aussi, et que c'était miracle qu'il ait pu conserver sa boutique, et il est sorti de derrière son comptoir et a placé la bouteille d'acide dans le cabas. J'ai respiré comme si le monde entier m'appartenait. Et je suis partie. Il fallait faire attention de ne pas tomber, prendre garde aux voitures, se méfier des tramways, surtout de ceux qui descendaient, garder sa tête à soi et rentrer tout droit à la maison : sans voir les lumières bleues. J'ai jeté un dernier coup d'œil sur la vitrine de la parfumerie, les bouteilles pleines d'eau de Cologne jaune, les petits ciseaux à ongles, si neufs et si brillants, les petits poudriers avec leur miroir dans le couvercle, leur bâton de noir et le pinceau pour se faire les cils.

Et ç'a été de nouveau la maison aux toiles cirées et les poupées à souliers vernis.... surtout, ne pas voir les lumières bleues et traverser sans hâte... ne pas voir les lumières bleues... et on m'a appelée. Quelqu'un m'appelait et je me suis retournée. C'était l'épicier qui m'appelait et qui venait vers moi, et en me retournant j'ai pensé à la femme de sel. J'ai pensé que l'épicier s'était aperçu qu'au lieu d'acide il m'avait donné de la lessive et je ne sais plus ce que j'ai pensé. Il m'a demandé si je voulais retourner à la boutique avec lui, que je veuille bien l'excuser, si je voulais lui faire le plaisir de l'accompagner à la boutique. On est entrés dans la boutique, il n'y avait personne et il m'a demandé si j'accepterais de faire des ménages chez lui, il me connaissait depuis longtemps, la femme de ménage qu'il avait ne travaillait plus parce qu'elle était trop âgée et fatiguée... Alors quelqu'un est entré et il a dit excusez-moi, il se tenait droit devant moi, attendant ma réponse. Et comme je ne disais rien il m'a demandé si je travaillais ailleurs, si j'avais déjà pris un engagement, j'ai fait non de la tête et j'ai dit que je ne savais que faire. Il m'a dit que si je n'avais pas de travail, chez lui c'était une bonne maison, il n'était pas exigeant, il savait bien que j'étais sérieuse. J'ai fait oui et alors il m'a dit commencez demain, puis, très nerveux, il m'a fourré deux boîtes de conserves dans le cabas, deux boîtes qu'il est allé chercher dans l'arrière-boutique, avec un cornet et d'autres choses dont je ne me souviens pas. Il m'a dit que je pouvais commencer le lendemain à neuf heures. Instinctivement j'ai tiré la bouteille d'acide du cabas et je l'ai posée sur le comptoir, en faisant bien attention. Et je suis sortie sans rien dire. Et quand je suis arrivée à la maison, moi qui n'avais pas la larme facile, j'ai éclaté en sanglots comme si je n'avais fait que ça toute ma vie.

XXXVII

Il y avait des glands et des feuilles et une tache d'encre au milieu. Elle était masquée par un vase en cuivre entouré d'une guirlande de femmes vêtues rien que de voiles et dont les cheveux flottaient, et ce vase était plein de fleurs artificielles, des roses rouges et des marguerites plantées dans quelque chose de spongieux qui ressemblait à de la mousse. Le dessus de table, avec les glands et la tache d'encre au milieu, avait une bordure de trois rangées de nœuds. Le buffet était en bois rougeâtre, avec du marbre rose et, sur le marbre, une armoire, et dans l'armoire on rangeait le service : les coupes, la carafe et la bouteille pour le vin qui n'étaient là que pour faire joli. Une fenêtre, toujours sombre, s'ouvrait sur une cour intérieure : la fenêtre de la cuisine aussi. La salle à manger, c'était une salle à manger à deux fenêtres : l'autre donnait sur la boutique et restait toujours ouverte pour savoir ce qui se passait dans la boutique lorsque l'épicier se trouvait dans la salle à manger. Les chaises étaient viennoises avec le fond et le dossier pleins de petits trous. Vous n'êtes pas fatiguée ? me demandait souvent l'épicier, qui s'appelait Antoni comme mon fils. Je lui disais que j'étais habituée à travailler, et un jour je lui ai raconté que lorsque j'étais jeune fille je travaillais chez un pâtissier.

Il aimait bavarder avec moi de temps en temps. Avec le peu de lumière qu'il y avait dans la salle à manger, on ne voyait presque pas les petits trous de variole sur son visage. La porte entre la boutique et la salle à manger n'était pas une porte. Rien qu'un passage pour entrer et sortir. L'épicier y avait mis un rideau de bambou, avec dessus une Japonaise qui avait des tas d'aiguilles plantées dans une vraie montagne de cheveux, elle tenait un éventail à la main, on voyait des oiseaux au loin et, tout près, un petit lampion qui était allumé.

La maison était simple et sombre, sauf deux chambres qui donnaient sur la rue descendant vers la place du marché. Voilà comment elle était : du rideau de la Japonaise jusqu'à l'extrémité, un salon avec sofa, fauteuils recouverts de housses et une console, il y avait un couloir. A gauche du couloir, deux portes, l'une à côté de l'autre, pour entrer dans les deux chambres qui avaient une fenêtre sur la rue descendant au marché. A droite du couloir, la cuisine et une pièce obscure, réserve ou entrepôt, pleine de sacs de graines, de sacs de pommes de terre et de bouteilles. Voilà pour le couloir. Au bout du couloir, le salon ; et à droite du salon, la chambre de l'épicier, aussi grande que le salon, avec une porte-fenêtre ouvrant sur une galerie couverte par la galerie du premier, que soutenaient quatre colonnes en fer. Après la galerie, une cour poussiéreuse séparée du jardin appartenant aux gens du premier par une grille avec des lances. Cette cour était toujours pleine de papiers et de bourre qui tombaient des étages. Dans le jardin des gens du premier, il n'y avait qu'un arbre : un pêcher rabougri. Les pêches tombaient qu'elles n'avaient pas eu le temps de devenir plus grosses que des noisettes. Et près de la grille du jardin des gens du premier il y avait une porte grillagée, fermée mais pas à clé, donnant sur la rue qui descendait tout droit vers la place du marché. En retournant vers le salon, et au-dessus de la console, le miroir avec en haut des ornements en bois. Et deux cloches en verre pleines de fleurs des champs : des coquelicots, des épis, des bleuets, des aubépines. Entre les deux cloches, un de ces coquillages où on entend la mer quand on le met contre l'oreille. Ce coquillage qui avait pu emmagasiner tous les gémissements de la mer était pour moi plus qu'une personne. Personne n'aurait pu vivre avec, dedans, le va-et-vient des vagues. Quand je l'époussetais je restais toujours un moment à l'écouter.

Les carreaux de la maison étaient rouges, de ceux qu'on n'a pas plus tôt lavés qu'ils sont de nouveau couverts de poussière. Une des premières choses que l'épicier m'a dite, ç'a été de faire très attention à ne pas laisser les fenêtres du salon et de la chambre trop longtemps ouvertes, il y avait des rats qui entraient par là. C'étaient des petits rats aux pattes très fines et longues. Des rats bossus. Ils sortaient de la bouche d'égout qui se trouvait près de la porte grillagée de la cour et couraient se fourrer dans l'entrepôt : ils s'y cachaient en douce, rongeaient les sacs et mangeaient le grain. Et s'il n'y avait eu que ça, ça n'aurait pas été bien grave, bien que le grain manquât ; le plus embêtant c'est que lorsque son employé ou lui-même allaient chercher un sac pour le mener jusqu'au magasin, comme ils le traînaient, tout le grain se répandait par terre et après on n'en finissait pas de le ramasser à la pelle. L'employé mangeait et dormait au premier, où il était en pension, parce que l'épicier ne voulait pas d'étrangers dans la maison une fois baissé le rideau métallique.

Le lit de l'épicier était un lit pour deux personnes et plus tard il m'a expliqué que c'était le lit de ses parents, que ce lit avait pour lui l'odeur même de sa famille, l'odeur des mains de sa mère qui, au début de l'hiver, lui faisait des pommes à la braise. C'était un lit noir, avec des colonnes minces d'abord, puis enflées, qui redevenaient minces et faisaient une boule, et de la boule partait la deuxième moitié de la colonne, mince, enflée, mince. Le dessus-de-lit était presque le frère jumeau de celui que j'avais eu et que j'avais dû vendre : tout au crochet avec des roses qui faisaient saillie, la bordure avait des tire-bouchons faits au crochet, on avait beau les laver et les repasser, ils ne se déroulaient pas. Ou alors ils se déroulaient mais s'enroulaient aussitôt après comme s'ils avaient eu de l'intelligence. Dans un coin il y avait un paravent derrière lequel on pouvait se déshabiller.

XXXVIII

Il m'a fallu longtemps pour relever la tête, mais peu à peu je revenais à la vie après avoir vécu dans le trou de la mort. Les enfants avaient cessé de donner l'impression de n'avoir que les os. La couleur de leurs veines s'éteignait sous leur peau apaisée. Je payais le loyer en retard avec ce que j'économisais plus qu'avec ce que je gagnais, car l'épicier toujours, au moment de fermer, me disait tenez. C'était une poche de riz cassé, ou une poche de pois chiches, des petits. Il disait qu'il avait toujours un peu plus de ravitaillement que la stricte ration. La boutique n'était pas comme avant la guerre, mais c'était quand même une bonne boutique... et avec les légumes, pour les accompagner, il y avait aussi quelque entame de jambon ou de lard, pour que les légumes ne s'ennuient pas tout seuls. C'était énorme. Énorme. Pour nous, on ne peut pas imaginer ce que ça représentait. Je partais avec mes poches et je montais chez nous en courant, mais je m'arrêtais toujours pour toucher les balances. Les enfants m'attendaient et venaient à ma rencontre les yeux grands ouverts, qu'est-ce que tu nous apportes ? Je posais les poches sur la table et on se mettait à trier les légumes. Si c'étaient des lentilles et qu'on y trouve des petits cailloux, les enfants les faisaient sauter par terre et les gardaient. Quand il faisait beau, le soir, on montait sur la terrasse et on s'asseyait par terre, moi au milieu et un enfant de chaque côté, comme quand on dormait. Et des fois, s'il faisait chaud, on s'endormait là jusqu'à ce que la lumière du jour nous mette du rouge sur les paupières et nous réveille ; alors on courait à l'appartement en gardant les yeux à moitié fermés pour ne pas se réveiller, et on dormait sur une couverture parce qu'on n'avait pas de matelas. Et on dormait encore autant qu'on pouvait avant de commencer la nouvelle journée. Les enfants ne parlaient jamais de leur père, comme s'il n'avait jamais existé. Et moi, si le souvenir m'en venait, je faisais un grand effort pour le chasser, parce que j'étais plus fatiguée, en dedans, que je ne saurais le dire, et il fallait vivre, et si je pensais trop, le cerveau me faisait mal comme s'il avait été pourri.

Ça faisait pas mal de mois que je travaillais chez l'épicier aux vesces, peut-être treize, peut-être quinze... pas mal de mois que je tenais sa maison propre comme un sou neuf, les meubles passés à l'huile et au vinaigre, moitié moitié, la courtepointe aussi blanche que les dents et les housses des fauteuils et du sofa lessivées et repassées, l'épicier aux vesces m'a demandé un jour si les enfants allaient à l'école et je lui ai dit que, pour le moment, non. Un jour il m'a dit que la première fois que j'y étais allée acheter des vesces il m'avait remarquée et qu'il connaissait aussi Quimet, un garçon, il a dit, qui attendait toujours dans la rue, les mains dans les poches et les yeux fureteurs. Je lui ai demandé comment il faisait pour le voir en servant les clients et il m'a dit : vous ne vous souvenez pas que les sacs de vesces étaient dans la rue ? Et même s'ils avaient été ailleurs et qu'il n'ait pas dû sortir pour les prendre, il l'aurait vu quand même, parce que, il m'a dit, il avait un miroir derrière le comptoir placé de telle sorte qu'il puisse voir si quelqu'un le volait. Le miroir, il pouvait le déplacer comme il voulait et il y voyait les sacs de la rue et si les enfants y plongeaient la main et l'en sortaient pleine. Et il m'a dit de ne pas lui en vouloir, mais que le jour où il avait couru après moi pour me demander si je voulais travailler chez lui, il m'avait couru après parce que je faisais une tête qui l'avait effrayé et il avait pensé qu'il m'était arrivé un grand malheur. Je lui ai dit qu'il ne m'était rien arrivé, sauf qu'on avait tué Quimet à la guerre et que tout était difficile. Il a dit que lui aussi il avait fait la guerre et une année d'hôpital. Qu'on l'avait ramassé en morceaux sur le champ de bataille et qu'on l'avait raccommodé comme on avait pu, et puis il m'a dit venez dimanche vers trois heures. Il a ajouté qu'il pensait que, à mon âge, je pouvais me permettre de rester seule avec lui, ça faisait si longtemps qu'il me connaissait...

XXXIX

J'ai touché les balances et j'ai fini de descendre. C'était un dimanche après-midi un peu couvert, mais il ne pleuvait pas, sans soleil et sans air. J'avais une gêne pour respirer, comme les poissons quand on les tire de l'eau. L'épicier m'avait dit d'entrer par la petite porte de la cour, qui serait ouverte, c'était la seule porte qu'on utilisait le dimanche. On ne pouvait pas passer son temps à monter et à baisser le rideau de fer chaque fois qu'il y avait une visite. Je ne sais pourquoi, quoique j'aille le voir et bien décidée que j'étais à y aller, et la preuve c'est que j'étais en route, j'avançais machinalement et je m'arrêtais pour me regarder dans les glaces des vitrines. Je me voyais passer dans les vitres où tout était plus sombre et plus brillant. Mes cheveux me gênaient. Je les avais taillés moi-même et je les avais lavés, mais je sentais qu'ils faisaient un peu ce qu'ils voulaient. Il m'attendait, debout, entre deux des colonnes qui soutiennent les galeries des six étages. De la galerie d'un des derniers étages tombait, en tournant, quand je suis entrée, un avion en papier journal. L'épicier l'a rattrapé au vol et a dit qu'il valait mieux se taire parce que s'il se plaignait, peut-être on se fâcherait et qu'on lui en lancerait davantage. On voyait qu'il était rasé de frais, il s'était coupé un peu près de l'oreille. A la lumière du ciel couvert, les petits trous de la variole semblaient plus profonds dans sa peau. Chaque petit trou rond avait une peau plus neuve, un rien plus claire que la peau qu'on a de naissance.

Il m'a priée d'entrer. D'entrer la première. Sous la lumière qui venait d'habitude de la boutique ouverte, à travers le rideau de bambou, ça m'a fait bizarre, tout était changé et on aurait dit une autre maison. La lampe était allumée dans la salle à manger. C'était une lampe qui avait la forme d'une demi-boule de porcelaine, ouverte vers le bas et accrochée au plafond par six chaînes en laiton. La frange de la demi-boule était faite de tubes de verre blanc comme la boule. Parfois, lorsque quelqu'un courait, à l'étage au-dessus, les tubes se touchaient et faisaient une petite musique... On est allés vers la salle à manger et on s'y est assis.

— Vous voulez des gâteaux secs ?

Il a posé devant moi une boîte carrée pleine à ras bord de couches superposées de gâteaux à la vanille, et je l'ai écartée de la main en lui disant merci beaucoup, mais que je n'avais pas faim. Il m'a demandé des nouvelles des enfants et pendant qu'il parlait et remettait les gâteaux dans le buffet, d'où il les avait tirés, je me suis aperçue qu'il avait beaucoup de mal à faire et à dire ce qu'il faisait et ce qu'il disait, il m'a fait l'effet alors d'un coquillage qui aurait sa coquille cassée, ce qui n'est rien d'autre qu'un grand abandon. Il m'a demandé de le pardonner de m'avoir donné ce travail supplémentaire de me faire venir un dimanche, c'est-à-dire le jour dont je devais avoir le plus besoin pour mettre de l'ordre à la maison et tenir compagnie aux enfants. A ce moment, à l'étage au-dessus, on a entendu des gens courir et les petits tubes de la lampe ont fait dring, dring... Tous deux on a regardé la lampe qui dansait et quand les tubes ont fini de faire du bruit je lui ai dit de me dire ce qu'il avait à me dire, s'il avait en tout cas quelque chose à me dire. Il m'a répondu que c'était très difficile. Il a mis les mains sur la table et a croisé les doigts de l'une avec les doigts de l'autre et quand il les a eu croisés bien fort, avec les articulations des doigts qui devenaient blanches, il a dit qu'il était très gêné. Qu'il menait une vie simple, toujours là, arrangeant sa boutique tout le temps, à se donner du mal, à nettoyer, à surveiller les sacs de l'entrepôt pour que les rats ne les rongent pas, parce que une fois un rat avait fait son nid dans un paquet de lavettes et les avaient salies de ses excréments sans qu'il s'en aperçoive, ce qui ne l'avait pas empêché de tuer le rat et ses petits et de mettre les lavettes en vente. Et une bonne, qui était très aimable avec lui mais qui ne lui inspirait pas confiance, avait acheté deux lavettes et au bout d'un moment elle était revenue avec sa patronne et elles lui avaient dit des choses désagréables, en particulier que c'était inadmissible de vendre pour faire la vaisselle des lavettes pleine de caca de rat. Et cette histoire des lavettes n'était qu'un exemple qui montrait combien il fallait prendre garde que les rats des égouts n'entrent pas dans la boutique. Il a dit qu'il menait une vie sans amusements, que ce n'était pas un genre de vie qu'on puisse offrir comme un grand présent, toute tournée vers le travail et les économies pour les vieux jours. Il a dit qu'il pensait beaucoup à ses vieux jours et qu'il tenait à être un vieillard respecté et que les vieillards, on ne les respectait que s'ils avaient de quoi vivre. Il a dit qu'il n'était pas un homme qui aimait se priver du nécessaire, mais qu'il pensait beaucoup à ses vieux jours et qu'il ne voulait pas se trouver, quand il n'aurait plus ni dents ni cheveux, ni de ressort dans les jambes, ni même assez de force pour se chausser, dans l'obligation d'aller frapper à la porte d'un hospice et d'y finir ses jours, après une vie consacrée au travail et à la lutte. Il a dénoué ses doigts et alors il en a mis deux dans le pot qui cachait la tache d'encre. D'entre les roses rouges et les marguerites il a tiré une pincée de mousse et a dit, sans me regarder, qu'il pensait toujours beaucoup à moi et à mes enfants et qu'il croyait au destin des gens... et que s'il m'avait demandé d'y aller un dimanche c'était pour pouvoir parler tranquillement, parce qu'il devait me demander quelque chose et qu'il ne savait comment s'y prendre, surtout parce qu'il ne savait pas comment je le prendrais. On a recommencé à courir à l'étage au-dessus et on a eu de nouveau droit à la musique et il a dit pourvu qu'on ne nous défonce pas le plafond... Il l'a dit comme si j'étais aussi de la famille... Il a dit qu'il était un homme seul. Un homme tout seul : ni parents ni famille d'aucune sorte. Aussi seul que la pluie qui tombe. Qu'il était un homme de bonne foi et, surtout, que je ne prenne pas mal ce qu'il allait me dire... Il voulait me dire qu'il était un homme seul et qu'il ne pouvait pas vivre seul... Il a gardé un bon moment le silence et il a dit en levant la tête et en me regardant intensément : je voudrais me marier, mais je ne peux pas fonder une famille...

Il a donné un coup de poing sur la table, de toute sa force. Il a dit cela, qu'il ne pouvait pas fonder une famille et qu'il voulait se marier. Il faisait une boulette verte de la mousse qu'il avait prise dans le vase en laiton. Il s'est levé, face à la Japonaise, puis il s'est retourné et s'est assis de nouveau, et tout en s'asseyant, avant d'être tout à fait installé, il a demandé :

— Vous accepteriez de vous marier avec moi ?

C'était bien ce que je craignais, mais tout en le craignant et en le voyant venir, ça m'a clouée et je n'arrivais pas bien à comprendre.

— Je suis libre et vous êtes libre. J'ai besoin d'une compagnie et vos enfants ont besoin d'un soutien...

Il s'est levé, il était plus nerveux que moi et il a traversé deux ou trois fois la Japonaise en sortant de la salle à manger et en y rentrant, en sortant et rentrant... Il s'est assis et m'a dit que je ne pouvais pas savoir de quel genre était sa bonté et combien il était bon. Que je ne savais pas combien il était brave homme. Et qu'il avait toujours eu de l'affection pour moi, depuis le temps que je venais acheter des vesces, et qu'il me voyait repartir chargée de plus de vesces que je ne pouvais en porter.

— Et je pense que vous êtes seule, avec vos enfants enfermés à la maison et tout seuls pendant que vous travaillez, et moi je pourrais mettre de l'ordre dans tout cela... Si cela vous déplaît, considérez que je n'ai rien dit... Mais je dois ajouter que je ne peux pas fonder une famille, parce qu'à cause de la guerre, je suis invalide au milieu du corps. Avec vous j'aurais une famille toute faite. Je ne veux pas vous tromper, il a dit, Natàlia.

XL

Je suis remontée chez moi comme une pauvre boniface et, pourtant, je ne voulais pas y aller, pourtant, je ne voulais rien dire à personne, mais à dix heures je n'ai pas pu y tenir : j'ai pris les enfants avec moi et je suis allée à la course chez Mme Enriqueta. Elle se peignait déjà pour se mettre au lit. J'ai installé les enfants devant le tableau aux langoustes et je leur ai dit de le regarder et avec Mme Enriqueta on s'est enfermées dans la cuisine. Je lui ai raconté ce qui m'arrivait et je lui ai dit qu'il me semblait que j'avais compris, mais peut-être pas tout à fait. Elle m'a dit on a dû l'estropier à la guerre, c'est bien ce que tu penses et c'est pour ça qu'il veut se marier avec toi parce que tu lui apportes une famille toute faite et beaucoup d'hommes, sans famille, sont comme une bouteille vide ballottée par la mer.

— Et comment je m'y prends pour le dire aux enfants ?

— Tu dois le leur dire dès que tu auras répondu oui, comme la chose la plus naturelle du monde. Qu'est-ce qu'ils savent, les pauvres...

J'ai passé quelques jours à ruminer tout ça et le jour où je me suis décidée après avoir bien pesé le pour et le contre, j'ai dit à l'épicier que oui, qu'on se marierait ; je lui ai dit que j'avais tardé parce que je ne m'y attendais pas et que plus le temps passait plus ma surprise était grande. Et que les enfants me donnaient à réfléchir, ils étaient plus grands que leur âge, parce que la guerre et la faim les avaient mûris plus tôt. Il m'a pris la main, la sienne tremblait, et il m'a dit que je ne savais pas quel jardin je venais d'ouvrir en lui. Je me suis mise au travail. Je suis restée plantée sur les carreaux tachés de soleil, devant la fenêtre. Du pêcher s'est enfuie une ombre, c'était un oiseau. Et, venant des galeries, un petit nuage de poussière est tombé dans la cour. Dans la salle aux cloches de verre j'ai trouvé une toile d'araignée. Elle allait d'une cloche à l'autre. Elle partait du pied, en bois, de l'une, passait par la pointe du colimaçon et allait jusqu'au pied, également en bois, de l'autre. J'ai regardé tout cela qui allait être ma maison. Et ma gorge s'est serrée. Parce que depuis que j'avais dit oui j'avais envie de dire non. Rien ne me plaisait : ni la boutique, ni le couloir, comme un boyau obscur, ni le truc des rats qui venaient des égouts. A midi je l'ai dit aux enfants. Pas exactement que je me mariais, mais qu'on irait habiter ailleurs, dans la maison d'un brave homme qui s'occuperait de les faire aller à l'école. Ni l'un ni l'autre n'ont rien dit mais je suis sûre qu'ils m'ont comprise. Ils étaient habitués à ne pas parler et leurs yeux étaient devenus tristes.

Trois mois après le dimanche en question, de bonne heure le matin, nous nous sommes mariés Antoni et moi. A partir de ce moment il y a eu un Antoni père et un Antoni fils, jusqu'au jour où on s'est arrangés en appelant le petit Toni. Mais avant de nous marier il a fait arranger la maison. Je lui ai dit que je voulais des lits métalliques pour les enfants et j'ai eu des lits métalliques comme celui que j'avais lorsque j'étais jeune fille et que j'avais dû vendre. J'ai dit que je voulais une batterie de cuisine accrochée au mur et je l'ai eue. J'ai dit que je voulais un dessus de table sans tache d'encre et j'ai eu un dessus de table sans tache d'encre. Et un jour je lui ai dit que, quoique pauvre, j'avais des sentiments délicats et que je préférerais ne rien emporter du tout de la vieille maison, même pas le linge. On n'a donc eu que des choses neuves et quand je lui ai dit que, quoique pauvre, j'avais des sentiments délicats il a répondu que lui, il était comme moi. Et il disait vrai.

XLI

Et les enfants ont commencé à étudier, chacun dans sa chambre, qui avait une fenêtre, avec un lit doré, une courtepointe blanche, un édredon jaune en hiver, une petite table en bois clair et un petit fauteuil. Le lendemain même de notre mariage, Antoni m'a dit qu'il ne voulait pas me voir faire le ménage cinq minutes de plus, je n'avais qu'à chercher une femme pour le matin et pour l'après-midi, et si je voulais une bonne nous aurions une bonne. Qu'il ne s'était pas marié avec moi pour me faire laver du linge mais pour avoir une famille, comme il avait dit, et qu'il voulait que sa famille soit contente. On avait tout ce qu'il nous fallait : du linge, des assiettes, des couverts et des savonnettes parfumées. Et comme les chambres étaient glacées en hiver et froides le reste du temps, sauf en plein été, on dormait tous en chaussettes.

Mme Enriqueta venait me voir et la première fois, ne nous gênons pas, elle m'avait harcelée pour que je lui raconte ma nuit de noces et quelle tête on avait fait en ne pouvant pas la faire. Et elle riait. Les premiers temps on s'asseyait l'une à côté de l'autre sur le sofa couvert d'une housse, mais par la suite on prenait chacune un fauteuil parce qu'elle disait que le sofa s'enfonçait trop et qu'une baleine de son corset se plantait dans son bras.

Elle se tenait assise avec les jambes placées d'une façon très bizarre : les pieds joints et les genoux séparés, toute raide, avec sa bouche de baudroie et son nez en cornet dominant bien toute sa personne. Je lui ai montré ce que j'avais, les vêtements et le linge de maison, et elle a dit que c'était impossible que la boutique rapporte tant, qu'Antoni devait avoir de l'argent, et je lui ai dit que je n'en savais rien. Le paravent l'a beaucoup étonnée. En voilà une idée, elle a dit. Et quand je lui ai dit que j'avais une femme de ménage elle m'a dit que je le méritais bien. Je lui ai dit qu'elle s'appelait Rosa et, des fois, Mme Enriqueta venait plus tôt pour la voir, surtout quand Rosa repassait, car elle repassait toujours dans le salon avec le sofa couvert d'une housse, pour la voir repasser. En partant elle sortait par la boutique et Antoni, depuis le début, lui donnait un petit paquet de gâteaux secs. C'est comme ça qu'il l'a conquise, tellement, que lorsqu'elle venait elle ne parlait plus que d'Antoni et qu'elle le regardait avec autant de tendresse que s'il avait été de sa propre famille.

Un jour on a attrapé un rat, tout petit. On l'a trouvé pris au piège au début de l'après-midi. C'est moi qui m'en suis aperçue. Je les ai appelés et ils sont tous sortis dans la cour. Il s'était attrapé à un de ces pièges à ressort et ça l'avait sectionné juste par le milieu du corps. Ça l'avait crevé et il lui sortait un bout d'intestin mêlé de sang et par le trou de sous la queue passait le museau d'un petit rat sur le point de naître. Le tout était très fin : la couleur, les doigts des petites pattes et la blancheur du poil du ventre, qui n'était pas tout à fait blanc mais un peu gris et semblait blanc à côté du reste du corps. Il y avait trois mouches à viande collées à son sang ; quand on s'est approchés, il y en a une qui s'est envolée, comme si elle avait eu très peur, mais elle est revenue tout de suite avec les autres. Elles étaient noires toutes les trois, avec des reflets bleus et rouges, comme le diable que décrivait Quimet, et elles se régalaient de l'animal mort comme il disait que fait le diable quand il se transforme en mouche. Mais leur tête était noire et Quimet m'avait dit que le diable, même transformé en mouche à viande, avait la tête couronnée de flammes. Les pattes aussi. Pour qu'on ne le confonde pas avec les véritables mouches à viande. Antoni, en nous voyant en admiration là devant, a attrapé le rat, est sorti dans la rue et a lancé le tout dans la bouche d'égout.

Les enfants aimaient beaucoup Antoni. Et dire que j'avais eu tellement peur qu'ils le prennent en grippe ! Le petit, surtout, l'aimait beaucoup. La petite, c'était déjà autre chose : elle était plus distante. Le petit, quand il avait fini ses devoirs, tournait toujours autour d'Antoni, et s'il lui commandait quelque chose il était content de le faire. Et si Antoni lisait le journal, après le dîner, le petit s'approchait peu à peu de lui et, sous prétexte de lire lui aussi, se blottissait tout contre lui.

XLII

Je vivais enfermée. La rue me faisait peur. Dès que je mettais le nez dehors, les gens m'effrayaient, et les automobiles, les autobus, les motos... Le cœur n'y était pas. Je n'étais bien qu'à la maison. Petit à petit, et ça me coûtait, je m'habituais à ma maison, à mes affaires. A la lumière et à l'ombre. Je connaissais l'heure à la lumière des pièces et je savais où tombaient les taches que faisaient le soleil en entrant par les fenêtres de la chambre et du salon : quand elles étaient longues, et quand elles étaient courtes. Et les enfants ont fait leur première communion. On s'est tous habillés de neuf. Mme Enriqueta est venue m'aider à habiller la petite. Pendant que je la frottais sur tout le corps à l'eau de Cologne, j'ai dit regardez comme elle est droite... et Mme Enriqueta a dit on pourrait mouiller tout son dos avec une seule goutte d'huile. On lui a passé la robe et on lui a mis le voile et Mme Enriqueta, la bouche pleine d'épingles, accrochait le voile et la couronne aux cheveux. Quand Rita a été habillée on aurait dit une poupée. On a fait la fête à la maison et, quand ç'a été fini, j'ai accompagné la petite dans sa chambre et je l'ai aidée à se déshabiller. Pendant que je pliais son jupon sur le lit elle m'a dit qu'une de ses amies du collège, qui avait fait aussi la communion ce matin-là, avait son père qui était parti à la guerre, on avait dit qu'il était mort mais ça faisait deux jours qu'il était revenu, très malade mais vivant ; et si on n'avait pas eu de ses nouvelles, c'était parce qu'il était dans une prison, très loin, et qu'on ne lui permettait pas d'écrire... Je me suis retournée lentement et j'ai vu que la petite me regardait et pendant qu'elle me regardait je me suis aperçue qu'elle avait beaucoup changé pendant tout ce temps où je luttais pour m'habituer à ma nouvelle vie. Rita, c'était Quimet. Avec ses yeux de singe et cette espèce de chose dont on n'aurait pas su dire ce que c'était mais qui avait pour résultat de faire souffrir les autres. Et ce jour-là mon angoisse a commencé, et j'ai commencé à mal dormir et à ne pas dormir du tout : ce n'était plus une vie.

Si Quimet n'était pas mort, il reviendrait. Qui pouvait me dire qu'il l'avait vu mort ? Personne. C'est vrai que la montre qu'on m'avait rapportée était la sienne, mais peut-être qu'elle était passée entre d'autres mains et que ce qui avait fait croire qu'il était mort, c'est qu'on avait trouvé cette montre sur un poignet qui n'était pas celui de Quimet. Et s'il était vivant, comme le père de l'amie de Rita, s'il revenait, malade, et me trouvait mariée à l'épicier des vesces ? Je ne pensais plus qu'à ça. Quand les enfants n'étaient pas à la maison et qu'Antoni servait ses clients, à la boutique, je faisais les cent pas dans le couloir, comme si on l'avait fait exprès pour moi bien avant de savoir que j'en aurais besoin pour y faire les cent pas, de la fenêtre du salon à la Japonaise de la salle à manger et de la Japonaise à la fenêtre du salon. J'entrais dans la chambre du petit ? Un mur. J'entrais dans la pièce qui servait d'entrepôt ? Un mur. Rien que des murs, le couloir et le rideau avec la Japonaise. Des murs et encore des murs, le couloir et les murs, et moi qui faisais les cent pas en ruminant l'histoire de la montre. De temps en temps j'entrais dans une des chambres des enfants, j'allais de l'une à l'autre, je retournais dans le couloir pour marcher encore. Et toujours ces murs. J'ouvrais des tiroirs, je les refermais. Quand la femme de ménage avait fini de faire la vaisselle et qu'elle partait en disant, mielleuse : à demain, madame Natàlia, j'entrais dans la cuisine. Et je trouvais d'autres murs. Et le robinet. Je tournais un peu le robinet et je mettais mon doigt pour faire couler un filet d'eau de chaque côté comme cette tige qui nettoie la vitre d'une auto quand il pleut, une demi-heure, trois quarts d'heure, une heure... sans même savoir, à la fin, ce que je faisais. Jusqu'à ce que mon bras me fasse mal, ce qui m'empêchait un peu de voir Quimet arriver de l'autre bout du monde, en sortant de prison peut-être, se rendant tout droit chez lui, montant à l'appartement. Et là, il trouverait d'autres locataires, il descendrait demander à l'épicier du dessous ce qui s'était passé et l'épicier du dessous lui dirait que je m'étais remariée avec l'épicier des vesces parce qu'on le croyait mort à la guerre. Alors Quimet viendrait ici et mettrait tout sens dessus dessous. Lui qui avait fait la guerre, il se retrouverait sans appartement, sans femme et sans enfants. A sa sortie de prison. Et plus malade que jamais, il serait... Parce que, moi, je le croyais toujours quand il me disait qu'il était malade. Et si un brin de vent faisait bouger les bambous de la Japonaise je me retournais, le cœur serré et fatigué, en pensant que c'était lui. Et j'aurais beau lui expliquer que ça ne comptait pas, que lui seul avait été mon mari... j'aurais encore de la chance si je me relevais de la paire de baffes qu'il m'administrerait. Et cette peur m'a tenue deux ou trois ans. Peut-être plus, peut-être moins, il y a des choses qui s'effacent... et Mme Enriqueta qui avait la manie de me parler de Quimet dès que nous étions seules, tu te souviens quand il emmenait le petit sur sa moto ? Et ce qu'il a dit quand le petit est né et ce qu'il a dit quand Rita est née et ce qu'il a dit quand il t'a appelée Colometa ? Tu t'en rappelles ? Tu t'en rappelles ?

J'ai été obligée de sortir, je ne dormais pas et je ne mangeais plus. Je devais me promener. Je devais me distraire. Tout le monde me disait que je devais prendre l'air, parce que je restais trop enfermée, comme en prison... Le premier jour que je suis sortie, avec Rita, après être restée si longtemps dedans, l'odeur de la rue m'a soulevé le cœur. On est allé lécher les vitrines dans la Grand-Rue. On y est allé en marchant à petits pas, et quand on y a été Rita m'a dit que j'avais des yeux effrayés. Je lui ai dit qu'elle se faisait des idées. On a regardé les vitrines mais rien ne me disait rien... Rita a voulu traverser la rue, quand on est arrivées au bout, pour remonter de l'autre côté. Au moment où je mettais mon pied sur le bord du trottoir tout est brusquement devenu sombre et j'ai vu les lumières bleues, une bonne douzaine au moins, comme une mer de taches bleues qui se seraient balancées devant moi. Et je suis tombée. On a dû m'accompagner à la maison. Le soir, quand ça allait un peu mieux, tout en dînant, Rita a dit je sais pas comment on va faire, quand elle doit traverser la rue elle s'évanouit. Et elle a dit que j'avais des yeux épouvantés. Tout le monde a dit que c'était d'être restée trop longtemps enfermée à la maison et que je devais me forcer à sortir un peu tous les jours. Je suis sortie, mais j'allais ailleurs. Toute seule. J'allais dans les jardins publics...

XLIII

J'a vu tomber beaucoup de feuilles et j'ai vu pousser beaucoup de boutons. Un jour en déjeunant, voilà ma Rita qui dit qu'elle veut apprendre des langues et seulement ça, pour être employée dans l'aviation. Comme celles qui vont dans les avions et aident les voyageurs à fixer leurs ceintures de sécurité pour pas se débiner en l'air, et qui leur apportent des liqueurs et leur arrangent un coussin derrière la tête. Antoni, dès que Rita a eu parlé, a dit oui. Le soir j'ai dit à Antoni qu'avant de dire oui on aurait dû en parler tous les deux et se demander si c'était bon, ça, ces voyages en avion. Et il a dit que ç'aurait peut-être été une bonne chose d'en parler avant mais que si Rita s'était mis en tête de voler, ça ne servait à rien de lui faire des observations. Il m'a dit que les jeunes, il fallait les laisser tranquilles, parce qu'ils en savent plus long que les vieux, qui marchent à reculons, comme les crabes. Et il a dit qu'il y avait longtemps qu'il devait me dire quelque chose, que s'il ne l'avait pas fait auparavant c'était parce que, visiblement, je n'avais ni envie de parler ni envie d'écouter, mais du moment qu'on causait à propos de Rita, il en profitait pour me dire que jamais de la vie il n'avait été aussi heureux que depuis qu'il nous avait tous les trois à la maison, et qu'il devait me dire merci, parce que, avec tout le bonheur qu'on lui apportait, il avait de la chance même dans les affaires, même si les choses n'étaient pas comme avant. Et tout l'argent qu'il avait était pour nous. Et il s'est endormi.

Moi, je ne savais pas si j'étais endormie ou éveillée, mais je voyais des pigeons. Comme avant, je les voyais. Tout était pareil : le pigeonnier peint en bleu sombre, les couvoirs pleins à ras bord de sparte, la terrasse avec ses fils de fer qui rouillaient parce qu'on ne pouvait pas y mettre le linge à sécher, la trappe, les pigeons qui faisaient la procession de la galerie à la fenêtre sur la rue après avoir traversé tout l'appartement à petits pas... Tout était pareil, mais tout était joli. C'étaient des pigeons qui ne salissaient pas, qui ne s'épouillaient pas, qui ne faisaient que voler haut dans le ciel, comme des anges. Ils fuyaient comme un cri de lumière et d'ailes au-dessus des toits... Les petits naissaient avec toutes leurs plumes, sans veines, sans canons dans leur cou triste, la tête et le bec proportionnés au corps. Leurs parents ne les gavaient pas avec cette anxiété fiévreuse et les petits n'avalaient pas les aliments avec des cris désespérés. Et si un œuf couvi tombait par terre, il se sentait pas mauvais. Je les soignais, je leur mettais du sparte frais. L'eau des abreuvoirs ne se troublait pas même quand il faisait chaud...

Le lendemain je l'ai raconté à une dame qui s'est assise à côté de moi sur le banc du jardin public, face aux rosiers. Je lui ai raconté que j'avais eu quarante pigeons... quarante couples : quatre-vingts pigeons... De toutes les races. Des pigeons à cravate de soie et des-pigeons avec les plumes peignées en l'air qui semlaient venir du pays où tout est à l'envers... Des *bútxeres*, des pigeons-paons... Des blancs, des blonds, des noirs, des tachetés... avec capuche, avec mantille... avec un tourbillon de plumes qui allait de la tête jusqu'au bec et qui leur couvrait les yeux... avec des taches rondes couleur café au lait...

Tous étaient dans une tour faite exprès, on y montait par une rampe tournante qui, extérieurement, avait de petites fenêtres longues et étroites et, dedans, au pied de chaque petite fenêtre, il y avait un couvoir avec un pigeon qui couvait. Un autre pigeon attendait sur le bord de la fenêtre pour prendre la relève, de sorte que si on regardait la tour d'un peu loin, on aurait dit une colonne toute couverte de pigeons, on aurait pu les croire en pierre mais c'étaient de vrais pigeons. Jamais ils ne s'envolaient des petites fenêtres mais du sommet de la tour, et ils en sortaient comme une couronne de becs et de plumes, mais il y avait eu la guerre, une bombe était tombée dessus et tout avait été détruit.

La dame a raconté cela à une autre dame, et ainsi de suite. Elles se le disaient dans le creux de l'oreille et quand elles voyaient que je m'approchais il y en avait toujours une qui avertissait les autres : voilà la dame aux pigeons. Parfois il y en avait une qui ne connaissait pas encore l'histoire et qui demandait : c'est la guerre qui les a tués ? Une autre disait à sa voisine, sur le banc : il paraît qu'elle y pense toujours... Une autre racontait à celles qui ne le savaient pas : son mari lui avait construit une tour exprès pour qu'elle la remplisse de pigeons, et on aurait dit un nuage du paradis... Quand elles parlaient de moi telle qu'elles croyaient que j'étais, elles disaient : elle a la nostalgie des pigeons, elle a la nostalgie des pigeons, la dame aux pigeons, elle ne fait plus que penser aux pigeons et à la tour qui avait des petites fenêtres jusqu'au sommet...

Pour me rendre dans les jardins publics, je fuyais les rues où circulaient trop de voitures, ça me donnait le vertige et des fois je faisais de grands détours pour y aller, pour pouvoir passer dans les rues tranquilles. Pour aller dans chaque jardin j'avais deux ou trois itinéraires, pour éviter l'ennui de passer toujours par les mêmes endroits. Je m'arrêtais devant les maisons qui me plaisaient et je les regardais à mon aise et il y en avait que je connaissais par cœur, les yeux fermés. Et si je voyais une fenêtre ouverte et que dedans il n'y avait personne, je regardais à l'intérieur. Tout en marchant je me disais voyons si la fenêtre avec le piano noir sera ouverte, ou bien voyons si le vestibule avec les lampes en forme de bougies sera ouvert, ou bien voyons si le concierge de l'entrée en marbre blanc aura sorti sur le trottoir ses pots de verdure pour les arroser, ou bien voyons s'il sera en marche le jet d'eau avec de la céramique bleue dans cette villa qui a un jardin sur le devant... mais les jours de pluie, dans le jardin il n'y avait pas de dames et j'emportais un journal, s'il ne faisait que bruiner j'étendais le journal sur un banc et je m'asseyais sous mon parapluie ouvert et je regardais comment la pluie inclinait les feuilles et comment elle ouvrait ou fermait les fleurs... Puis je rentrais à la maison. Parfois j'étais surprise par une forte averse, mais ça ne me faisait pas peur, ça me plaisait au contraire ; je ne me pressais pas de rentrer, et si ce jour-là j'avais calculé que je passerais devant l'entrée en marbre, comme les pots de plantes vertes étaient dehors pour prendre la pluie, je m'arrêtais toujours un moment pour les regarder et je savais combien de feuilles il y avait dans chaque pot et celles qu'on coupait quand il en poussait de nouvelles. Je me promenais dans les rues désertes et je vivais au ralenti... Et à force de vivre ainsi, mollement, je suis devenue comme une figue-fleur : tout me faisait pleurer. Et j'avais toujours un petit mouchoir dans la manche.

XLIV

Un soir, au moment où le petit allait se coucher, Antoni lui a dit de rester et de s'asseoir un moment avec nous, il voulait bavarder un peu avec lui. J'avais desservi et remis le dessus de table avec, au milieu, le vase aux dames enveloppées de voiles et de chevelures. Les fleurs, il y avait longtemps que je les avais changées, parce que les roses et les marguerites s'étaient décolorées et salies, et à leur place j'avais mis des tulipes et des branches d'amandier. Antoni a dit au petit qu'il aimerait savoir s'il avait réfléchi à ce qu'il voulait faire quand il serait grand, et que peut-être, comme il était studieux et qu'il réussissait bien dans les études, il aimerait continuer ; dans ce cas il devait commencer à songer dans quelle branche il préférait s'engager. Il pouvait y réfléchir tranquillement, qu'il ne réponde pas tout de suite, qu'il prenne tout son temps. Le petit l'écoutait tête basse et, quand Antoni a eu fini, il a relevé la tête, d'abord il m'a regardée, puis il a regardé Antoni et a dit qu'il n'avait pas à réfléchir, qu'il y avait longtemps qu'il avait choisi. Il a dit qu'il n'avait pas envie de continuer ses études, que s'il en faisait c'était pour savoir certaines choses qu'il faut savoir et parce que c'est une chose qu'il faut faire, et que d'ailleurs il la faisait avec plaisir, parce que cela le dégrossissait, mais qu'il avait l'esprit pratique et qu'il ne voulait pas quitter la maison, tout ce qu'il demandait c'était qu'il lui permette d'être épicier comme lui, parce que, a-t-il dit, vous vieillirez peu à peu et vous aurez besoin qu'on vous aide. Antoni avait pris un peu de mousse et faisait une boulette. Et il lui a dit il faut que je te prévienne : être épicier c'est avoir un métier qui permet de vivre, mais comme travail, ce n'est pas très brillant.

Et il a ajouté, et je te pétris la boulette de mousse, que peut-être il disait cela pour lui faire plaisir. Il ne voulait pas considérer la chose comme décidée, on en reparlerait plus tard, qu'il prenne tout son temps pour réfléchir. Il ne voulait pas qu'un beau jour il regrette de s'être engagé par des mots dits pour lui faire plaisir. Et il a ajouté qu'il s'était bien rendu compte qu'il avait, mon fils, assez de moyens pour se lancer dans n'importe quelles études. Le petit a gardé les lèvres pincées aussi longtemps qu'il s'est tu et deux longues rides butées entre les sourcils. Il a dit qu'il savait très bien ce qu'il disait et ce qu'il faisait, pourquoi il le disait et pourquoi il le faisait. Il l'a dit au moins deux fois et à la fin il a explosé, lui d'habitude si obéissant et si retenu. Il a explosé, mais avant d'exploser il a pris un peu de mousse, nerveusement, et ça a secoué les fleurs. Et ils étaient deux à pétrir leur boulette. Il a dit que s'il choisissait d'être épicier c'était pour l'aider et continuer ce qu'il faisait, il voulait faire marcher la boutique, parce que cette boutique, elle lui plaisait. Il a dit bonsoir, vite, et il est allé dans sa chambre. Et quand on allait se coucher, dans le couloir, l'un derrière l'autre, Antoni répétait, comme s'il n'arrivait pas à y croire, je ne le mérite pas... je ne le mérite pas ... Mais il a encore dit qu'il croyait que le petit faisait une bêtise et que ç'aurait été pour lui un orgueil de le voir médecin ou architecte et de penser qu'il était pour ainsi dire sorti de ses mains.

On se déshabillait toujours derrière le paravent pour

ne pas avoir des vêtements éparpillés sur les chaises de la chambre pendant toute la nuit. Derrière le paravent il y avait un tabouret, pour se déchausser, et un portemanteau. Antoni sortait de là quand il avait passé son pyjama, et moi, avant ou après lui, j'en sortais en chemise de nuit, et je boutonnais tous les petits boutons jusqu'au cou et aussi ceux des poignets. Antoni, au début, m'a expliqué que l'habitude de se déshabiller derrière le paravent lui venait de sa mère. Le tissu du paravent, froncé dans le sens de la hauteur, et tenu par des tringles de fer pour pouvoir l'enlever et le laver, était bleu ciel avec des marguerites blanches qu'on aurait dites jetées au hasard.

Les nuits où j'avais le sommeil léger, mais où je dormais quand même, la première voiture qui allait au marché me réveillait et je me levais pour boire de l'eau. Quand j'avais bu, j'écoutais le sommeil de mes enfants, et comme je ne savais que faire, je traversais la Japonaise et je marchais dans la boutique. Je plongeais ma main dans les sacs de grains. Dans celui du maïs surtout, parce qu'il était plus près de la salle à manger. J'y plongeais ma main et j'en tirais une poignée de petits grains jaunes à museau blanc, je levais le bras, j'ouvrais la main et les grains tombaient en pluie, puis je recommençais, et après je sentais ma main et je sentais toutes les odeurs. Avec la lumière qui venait de la cuisine dont j'avais laissé la lampe allumée, je voyais luire les vitres du devant des tiroirs aux pâtes, des petites pâtes à potage : étoiles, alphabets, grains de mil et grains de poivron. Les pots en verre aussi brillaient : celui des olives vertes et celui des olives noires aussi ridées que si elles avaient eu cent ans. Je les remuais avec la louche en bois qui ressemblait à une rame et l'eau formait de l'écume sur les bords. Et ça sentait fort l'olive. Ainsi distraite, des fois je pensais qu'après tant d'années Quimet était mort et bien mort, lui qui avait été comme le vif-argent, faisant ses croquis de meubles sous l'abat-jour couleur fraise de la salle à manger. Et je pensais que je ne savais pas où il était mort ni si on l'avait enterré, si loin... ni s'il était encore sur la terre et l'herbe sèche du désert d'Aragon, les os au vent ; et le vent les recouvrait de poussière, sauf les côtes, qui faisaient comme une cage vide et ronde, une cage qui avait été pleine de poumon rose avec des trous profonds et des petites bêtes. Et ses côtes étaient toutes là sauf une, c'est-à-dire moi, et quand je me suis détachée de la cage de côtes j'ai tout de suite cueilli une petite fleur bleue et je l'ai effeuillée, les pétales tombaient en tourbillonnant comme des grains de maïs. Toutes les fleurs étaient bleues, couleur d'eau de rivière, de mer ou de source, et toutes les feuilles des arbres étaient vertes comme le serpent qui y était caché, une pomme à la bouche. Quand j'ai cueilli la fleur et que je l'ai effeuillée Adam m'a frappé sur les doigts, touche pas ! Et le serpent ne pouvait pas rire parce qu'il devait tenir la pomme, il me suivait en cachette... Je me recouchais, j'éteignais la lampe de la cuisine, la première voiture était passée depuis longtemps et il en venait d'autres, et des camions, et tout ça descendait, descendait... et il arrivait que le roulement de toutes ces roues m'empêchait de penser et je me rendormais...

XLV

— Il y a un jeune homme qui veut te parler, a dit Antoni sur le seuil du salon.

Rosa repassait et moi j'était assise sur le sofa couvert d'une housse. Il a ajouté que le jeune homme était venu lui dire quelque chose mais qu'il lui avait dit d'attendre un instant parce que c'était à moi qu'il devait le dire. Cela m'a paru un peu étrange. J'ai dit à Rosa que je revenais tout de suite. Très bien, madame Natàlia. Je suis allée vers la salle à manger, très intriguée, et dans le couloir Antoni m'a dit que le jeune homme qui voulait me voir était le plus beau garçon du quartier. Je suis arrivée dans la salle à manger les jambes molles, il y avait là le patron du bar du coin de la rue, un nouveau ou presque dans le quartier puisqu'il n'y avait que deux ans qu'il avait acheté le bar. Le patron du bar, Antoni avait raison, était un beau garçon : bien planté et les cheveux noirs comme l'aile d'un merle. Et très sympathique. Dès qu'il m'a vue il m'a dit qu'il avait été élevé à l'ancienne mode. Je l'ai prié de s'asseoir et je me suis assise. Antoni nous a laissés et le jeune homme a commencé à parler. Il a dit qu'il avait un vice : le travail. Je n'arrête pas de travailler. Il a dit que le bar-restaurant lui permettait de vivre et de faire des économies, et pourtant les temps étaient durs, et que l'année suivante il se proposait d'acheter la boutique du marchand de savons qu'il y avait à côté du bar, ça faisait longtemps que l'affaire était en cours, et qu'il agrandirait le bar et la grande salle. Ainsi, au bout de trois ou quatre ans, il aurait les moyens de s'acheter une maisonnette à Cadaquès, à côté d'où habitaient ses parents, parce que s'il se mariait il voulait que sa femme puisse passer l'été au bord de la mer, qui était à son avis une des plus jolies choses du monde.

— Mes parents sont très unis, à la maison je n'ai connu que la joie et le bien-être ; et je veux, si je me marie, que ma femme puisse dire ce que ma mère dit de mon père, ce que je lui ai toujours entendu dire : quelle chance, le jour où je l'ai rencontré !

Je l'écoutais bouche bée, on aurait dit une machine emballée, et voyons voir où il allait en venir. Quand il s'est tu, il s'est tu pour de bon. Et j'ai attendu, j'ai attendu, un bon moment s'est écoulé, et à la fin, dans le grand silence qui s'était fait, j'ai dit je vous écoute...

Et nous y voilà. Rita.

Chaque fois que je la vois passer c'est comme si je voyais passer une fleur. Je viens demander sa main.

Je me suis levée, j'ai passé la tête entre les bambous et j'ai appelé Antoni. Quand il est venu et que j'ai voulu le mettre au courant, il m'a dit qu'il le savait déjà et il s'est assis. J'ai dit que Rita ne m'avait parlé de rien et qu'il faudrait attendre qu'elle m'en touche un mot. Le jeune homme a dit appelez-moi Vicenç. Il a ajouté que Rita ne savait rien de sa démarche. Je lui ai dit que la première chose qu'il devait faire c'était d'en parler à Rita, mais qu'il devait songer qu'elle était très jeune. Il a dit que ça lui était égal qu'elle soit très jeune, que si elle voulait attendre il attendrait, mais qu'il était prêt à se marier le lendemain même, et qu'il n'avait pas à lui parler, il avait été élevé à l'ancienne mode et n'oserait pas. Il nous a demandé de lui parler nous-mêmes, voir ce qu'elle en pensait. Prenez des renseignements sur moi, si vous voulez. Je lui ai dit que je parlerais à Rita, mais que ma fille avait mauvais caractère et que peut-être c'était le bon moyen de n'en rien tirer. Aussitôt dit, aussitôt fait. Quand Rita est rentrée je lui ai dit que le jeune homme du bar était venu demander sa main. Elle m'a regardée et, au lieu de dire quoi que ce soit, elle est allée dans sa chambre poser ses livres, puis à la cuisine se laver les mains, elle est revenue et a dit : vous croyez que j'ai envie de me marier, de m'enterrer et d'être la femme du cafetier du coin de la rue ?

Elle s'est assise dans la salle à manger, a rejeté ses cheveux en arrière d'un coup de main et m'a regardée, ses yeux riaient et tout à coup elle s'est mise à rire au point de ne presque pas pouvoir parler et, de temps en temps, quand elle le pouvait, elle disait ne fais pas cette tête...

Son rire était communicatif : sans savoir pourquoi je me suis mise à rire aussi, et on riait si fort qu'Antoni est venu, il a écarté les bambous des deux mains et, sans entrer dans la salle à manger, il a passé la tête entre les bambous et a dit de quoi riez-vous ? En le voyant nous ne pouvions plus nous retenir et à la fin Rita a répondu : de cette plaisanterie du mariage, et elle a ajouté qu'elle ne voulait pas se marier, qu'elle voulait voir le monde, qu'elle ne voulait pas se marier, pas question, et qu'on pouvait dire au patron du bar que c'était non et mille fois non, qu'il perdait son temps et qu'elle avait bien d'autres soucis. Elle a demandé : et il est venu lui-même demander ma main ? Antoni a dit que oui et Rita a été reprise de son fou rire, ha, ha, ha, et à la fin je lui ai dit que cela suffisait, que ce n'était pas tellement risible qu'un brave garçon veuille se marier avec elle.

XLVI

Vicenç est revenu, Antoni l'avait appelé, et je lui ai dit Rita est mal tournée et ne veut rien savoir ; et que je regrettais fort. Il a demandé, et vous, vous me voulez ? Nous, on a répondu oui et il a dit, très sérieusement, Rita sera à moi.

Il s'est mis à pleuvoir des fleurs, puis est venue une invitation à un dîner au bar. Toni appuyait Rita et disait qu'après tout ça ne lui plaisait absolument pas, que Rita avait raison, pourquoi se serait-elle liée au type du bar puisque ce qu'elle voulait c'était courir le monde, et si le type du bar avait envie de se marier, le pays était plein de jeunes filles qui seraient ravies de l'avoir.

Un matin Rita était à l'entrée de la galerie et moi, qui faisais je ne sais plus quoi dans le salon, je suis restée plantée à la regarder par la porte. Elle était face à la cour et me tournait le dos, le soleil projetait son ombre par terre de sa chevelure, à contre-jour, était pleine de cheveux plus courts qui flottaient et qui brillaient, cela faisait très joli : elle avait le corps mince, les jambes longues et bien tournées, et en traînant la pointe du pied elle traçait un trait dans la poussière, lentement.

Son pied allait d'un côté à l'autre, en traçant le trait, et tout à coup je me suis rendu compte que j'étais sur l'ombre de la tête de Rita ; ou plus exactement, l'ombre de la tête de Rita montait un peu sur mes pieds, mais, quoi qu'il en soit, l'impression que j'ai eue c'était que l'ombre de Rita, sur le sol, était un levier et que, d'un moment à l'autre, je pouvais être envoyée en l'air, car le soleil et Rita, dehors, pesaient plus lourd que l'ombre et moi, dedans. J'ai senti très fortement le passage du temps. Pas le temps des nuages et du soleil et de la pluie, ni celui des étoiles qui ornent le firmament, pas le temps des printemps à la saison printanière ni le temps des automnes à la saison automnale, pas celui qui met des feuilles sur les branches et puis les arrache, ni celui qui frise et défrise et colore les fleurs, mais le temps en moi, le temps qu'on ne voit pas et qui nous pétrit. Le temps qui tourne et tourne dans le cœur et le fait tourner et qui nous change de l'intérieur et de l'extérieur, patiemment, et nous rend tels que nous serons au dernier jour. Et pendant que Rita traçait son trait dans la poussière avec la pointe du pied, je l'ai revue les bras en l'air courant derrière Antoni autour de la salle à manger et faisant ses premiers pas au milieu d'une nuée de pigeons... Rita s'est retournée, un peu étonnée de me voir debout sur le seuil du salon, elle a dit qu'elle revenait tout de suite et elle est sortie par la petite porte de la cour. Elle est revenue une bonne demi-heure après, les joues en feu ; elle m'a dit qu'elle venait de voir Vicenç et qu'elle s'était disputée avec lui, elle lui avait dit que la première chose que doit faire un garçon qui veut se marier avec une jeune fille, c'est faire sa conquête, au lieu d'aller parlementer avec sa famille. Elle lui avait dit aussi qu'on n'envoie pas des fleurs à une jeune fille sans être sûr qu'elle sera heureuse de les recevoir. Je lui ai demandé ce qu'avait dit Vicenç et j'ai compris qu'il lui avait dit qu'il était très amoureux et que si elle ne voulait pas de lui il fermerait le bar et se ferait moine.

On est allé dîner chez Vicenç. Rita avait une robe

bleu ciel à pois blancs brodés, elle est restée tout le temps renfrognée et n'a goûté à aucun plat. Elle disait qu'elle n'avait pas faim. Et Vicenç, à la fin, au dessert, quand le garçon avait cessé d'apporter et de remporter les plats, a dit, comme s'il se parlait à lui-même, il y a des gens qui savent faire la conquête d'une jeune fille, mais moi je suis un maladroit.

C'est par ces mots qu'il a touché Rita. Et ils ont commencé à se fréquenter. A se fréquenter comme on se fait la guerre. Tout à coup Rita disait que c'était fini, qu'elle ne voulait se marier ni avec Vicenç ni avec un autre. Elle s'enfermait dans sa chambre. Elle en sortait pour aller en classe et dès qu'elle avait pris l'autobus, dont l'arrêt était presque devant le bar, Vicenç arrivait.

— Parfois je pense qu'elle m'aime et deux jours après je pense le contraire. Un jour je lui offre une fleur et elle est contente, deux jours après je lui offre une autre fleur et elle la refuse.

Antoni entrait dans la salle à manger, s'asseyait, prenait son brin de mousse et consolait Vicenç en lui disant que Rita était une gamine, un jeune chien fou, et Vicenç disait qu'il le comprenait très bien et que c'était pour ça qu'il était si patient, mais il languissait parce qu'il ne savait jamais où il en était. Quand Rita était sur le point de rentrer, Vicenç s'enfuyait dare-dare. Parfois Toni se joignait à nous et, quand il voyait que Vicenç souffrait vraiment, il devenait triste. Peu à peu il a penché du côté de Vicenç et s'est mis à se disputer avec Rita pour le défendre. Et quand tu auras fait le tour du monde, qu'est-ce que tu en auras tiré ? il lui disait.

Quand Antoni et le petit parlaient de la boutique et de ce qu'il fallait acheter et de la manière dont il fallait mener les affaires, parfois je les laissais seuls, ou bien j'allais et venais dans la salle à manger, en mettant de l'ordre, sans les écouter. Mais un soir j'ai entendu le mot soldat et je suis restée figée au seuil de la cuisine, comme foudroyée. Antoni disait que, certainement, le petit pourrait faire son service à Barcelone mais, m'a-t-il semblé, que cela durerait un an de plus, et le petit a dit que ça lui était égal que ça dure un an de plus pourvu qu'il puisse rester à Barcelone, plutôt que de faire un an de moins et d'aller au diable. Il a dit à Antoni de ne pas s'en étonner : quand il était petit, pendant la guerre, parce qu'on n'avait rien à manger, il avait dû quitter la maison un certain temps, et il en avait gardé comme une sorte d'idée fixe de rester à la maison, de rester toujours à la maison comme un ver dans une planche ; et que cette idée fixe ne lui avait jamais passé et ne lui passerait jamais. Antoni a dit d'accord. Je suis entrée dans la salle à manger et Antoni, en me voyant, m'a dit que très bientôt le petit porterait l'uniforme.

XLVII

Rita a fixé le jour du mariage en présence de tout le monde et a dit qu'elle disait oui pour ne plus voir Vicenç avec une tête d'âme en peine et apitoyant tout le quartier en se faisant passer pour une victime. Et en la faisant passer, elle, rien qu'avec cette tête et sans avoir besoin de parler, pour une mauvaise fille. Et qu'avec cette réputation qu'il lui faisait, si elle ne se mariait pas avec lui il faudrait qu'elle reste vieille fille, ce qui ne lui plaisait pas non plus, parce qu'elle avait envie, du moment qu'elle ne pouvait pas faire ce qu'elle s'était proposé de faire, être hôtesse dans un avion, d'entrer dans un cinéma ou dans un théâtre avec une jolie toilette et au bras d'un homme séduisant : et Vicenç, elle le reconnaissait, l'était. La seule chose qui l'embêtait, et c'était même ce qui l'embêtait le plus, c'est que Vicenç soit du quartier et que son établissement se trouve si près de la maison. On lui a demandé pourquoi ça l'embêtait et elle a dit qu'elle ne savait pas l'expliquer mais que ça lui faisait quelque chose, que se marier avec quelqu'un qui vivait si près de chez elle lui faisait l'effet de se marier avec quelqu'un de la famille et ça détruisait beaucoup de ses illusions. Des fiançailles pour s'habituer l'un à l'autre, une première partie qui a duré, on est passé aux fiançailles proprement dites, pour préparer le mariage. On a embauché une couturière deux jours par semaine et transformé le salon du sofa à la housse en salle de travail. Pendant que la couturière et Rita cousaient, Vicenç venait ; dès que Rita le voyait elle était sur ses nerfs et disait que s'il n'avait pas été du quartier il n'aurait pas pu venir faire le badaud. Avant l'heure, il saura tout comment c'est... Vicenç se rendait compte de ce qui arrivait à Rita mais il ne pouvait pas s'empêcher de venir et il entrait dans le salon comme s'il allait commettre un péché, restait un moment tranquille et sans bouger puis, quand il voyait qu'on travaillait toutes, il repartait, et à la fin c'est moi qui suis partie et c'est la couturière et Rita qui ont fait le trousseau, Rita trouvait que je ne cousais pas assez bien. Au jardin public, dont je me lassais, aussi. J'en avais assez de toutes ces dames que je connaissais et qui m'accueillaient avec la mine triste parce que j'avais eu des pigeons. Ce besoin que j'avais avant de parler des pigeons et de la tour avait passé avec les ans.

S'il m'arrivait de vouloir penser aux pigeons, j'aimais mieux y penser toute seule. Y penser à ma guise : des fois, en y pensant, je devenais triste, et des fois non. Et certains jours, sous les feuilles et les branches, j'étais prise de petites envies de rire parce que je me voyais des années auparavant en train de tuer des pigeonneaux dans l'œuf. Et si je quittais la maison en emportant un parapluie parce que le ciel était couvert, et que dans le jardin public je voie une plume d'oiseau, je la piquais avec la pointe du parapluie, bien profondément, et je l'enterrais. Et si je rencontrais l'une des dames qui me connaissaient et qu'elle me demande vous ne venez pas ? je lui disais non, je ne sais pas ce que j'ai, mais si je m'assieds je ne me sens pas bien. Et si le temps était frais je disais si je m'assieds toute l'humidité des feuilles me tombe sur le dos et la nuit je tousse... Je m'en débarrassais comme ça et je me distrayais en regardant les arbres qui vivent les jambes en l'air avec leurs feuilles qui sont des pieds. Les arbres qui vivent la tête dans la terre, mangeant de la terre avec la bouche et avec leurs dents, c'est-à-dire leurs racines. Le sang coule en eux d'une autre manière que dans les personnes : tout droit de la tête aux pieds, en montant par le tronc. Et le vent et la pluie et les oiseaux faisaient des chatouilles aux pieds des arbres, si verts à leur naissance, si jaunes pour mourir.

Je rentrais à la maison avec un léger vertige, comme d'habitude, je ne sais pas comment ça se faisait mais l'air me saisissait, et en pénétrant dans le salon je trouvais les lampes allumées, Rita en train de rouspéter, la couturière avec une tête comme ça et Vicenç debout ou assis, ou bien des fois il était déjà parti. Antoni me demandait toujours si je m'étais bien promenée. Parfois Toni regardait aussi la couturière et Rita en train de coudre, ou bien je le trouvais qui criait après Rita parce qu'il avait faim, en rentrant de la caserne, et qu'elle ne voulait pas lui préparer à goûter, elle disait que si elle perdait du temps sa robe ne serait jamais prête le jour du mariage, qu'elle voulait avoir tout fini et ne plus jamais avoir à reprendre l'aiguille : dès qu'elle serait mariée elle ne voulait plus vivre que pour s'amuser. Parfois je les trouvais tous en train de goûter et de parler de tout et de rien. En arrivant j'allais me déchausser tout de suite et je m'asseyais sur le sofa et pendant qu'ils parlaient je voyais encore des feuilles, les vivantes et les mortes, celles qui sortaient sur la branche comme un gémissement et celles qui s'en détachaient en silence et descendaient en tourbillonnant comme une petite plume de pigeon qui tombe de haut.

XLVIII

Le jour du mariage est arrivé. Il avait plu toute la nuit et au moment de se rendre à l'église il pleuvait encore à seaux. Rita s'est habillée en mariée parce que j'ai voulu qu'elle s'habille en mariée, dans un bon mariage la mariée doit être habillée en mariée. On a fait le mariage et, en même temps, on a fêté l'anniversaire de mon mariage avec Antoni. Mme Enriqueta, qui vieillissait vite, a offert le tableau des langoustes à Rita, parce que tu le regardais toujours quand tu étais petite... Antoni a donné beaucoup d'argent pour qu'elle ne soit pas une fille sans dot. Vicenç a dit que ça lui était égal, tout en étant très reconnaissant, qu'il se serait marié avec Rita ausi bien sans dot qu'avec, et Rita a dit que la dot lui serait utile le jour où elle se séparerait de Vicenç. Pour son mariage, Rita a eu de tout. On a fait le repas dans le bar de Vicenç, dans la salle des fêtes, qui avait été agrandie, la boutique du marchand de savon ayant été achetée depuis un bon bout de temps, on a tout mis sens dessus dessous, sur les murs il y avait des guirlandes d'asparagus avec des roses blanches en papier, parce que les vraies, il n'y en avait plus. On a accroché des rubans aux lampes, ils pendaient avec des roses de papier attachées au bout, il y avait même des lampions rouges qu'on a allumés bien qu'il fasse jour. Les garçons ne pouvaient pas remuer tant leur chemise était amidonnée. Les parents de Vicenç sont descendus de Cadaquès, habillés en noir et rutilants du côté des chaussures, et mes enfants, Vicenç et Antoni, tout le monde a voulu que je me fasse faire une robe en soie couleur champagne. Et que je me mette un long collier de perles de culture. Vicenç, il n'avait plus de sang au visage d'être arrivé à ce jour après avoir dit et répété qu'il n'y arriverait jamais, on aurait dit qu'on l'avait assassiné et qu'après on l'avait ressuscité par force. Rita était de mauvaise humeur parce qu'en sortant de l'église sa traîne et son voile s'étaient mouillés. Toni n'a pas pu se rendre à l'église et est venu au repas habillé en soldat, et il a dansé habillé en soldat. On a dû faire marcher les ventilateurs, et avec le vent les roses de papier tremblaient. Rita a dansé avec Antoni, l'émotion le rendait mou comme une pêche blette. Et les parents de Vicenç, qui ne me connaissaient pas, ont dit qu'ils étaient très heureux de faire ma connaissance, et je leur ai dit que moi aussi j'étais très heureuse de faire leur connaissance et ils ont dit que Vicenç, dans ses lettres, leur parlait toujours de Rita et de Mme Natàlia. A la troisième danse Rita a ôté son voile, qui la gênait, et elle a dansé avec tout le monde, et en dansant elle riait, elle rejetait la tête en arrière et tenait sa jupe, ses yeux brillaient et elle avait de petites perles de sueur entre le nez et la lèvre supérieure. Et quand Rita a dansé avec Antoni, Mme Enriqueta, qui portait des boucles d'oreilles avec des pierres couleur lilas, s'est approchée de moi et m'a dit si Quimet pouvait la voir... On venait me saluer, des personnes que je connaissais à peine et qui me demandaient comment allez-vous, madame Natàlia... Et quand j'ai dansé avec le soldat, c'était mon fils, avec la paume de la main, tout ce morceau de peau hachurée qui va du poignet aux doigts, contre la paume de la main de mon fils, j'ai senti comme si une colonnette du lit faite de boules empilées se cassait. J'ai laissé sa main, j'ai posé la mienne sur son cou et j'ai serré, et il a dit qu'est-ce que tu fais ? Et je lui ai dit, je t'étrangle. Quand j'ai fini de danser avec mon fils le collier de perles de culture s'est accroché à un bouton de sa vareuse de soldat, toutes les perles ont roulé par terre et tout le monde s'est mis à les ramasser, et à mesure qu'on les trouvait on me les donnait, tenez, tenez, tenez, madame Natàlia, et je les mettais dans mon porte-monnaie, tenez, tenez... La valse, je l'ai dansée avec Antoni, tout le monde s'est écarté pour nous voir danser car Antoni, avant de commencer à tourner, a fait annoncer par Vicenç que nous fêtions l'anniversaire de notre mariage. Rita est venue m'embrasser. Elle m'a dit tout bas, pendant que Vicenç annonçait la valse, que depuis le premier jour elle était follement amoureuse de Vicenç, mais qu'elle ne voulait pas le lui montrer et que jamais Vicenç ne saurait qu'elle était amoureuse de lui. Et en parlant elle me faisait des chatouilles avec ses lèvres et pendant un moment j'ai eu sur la joue son haleine chaude. La fête a commencé à languir et le moment de la séparation est arrivé. Toni nous a laissés, les nouveaux mariés sont partis et, avant de partir, Rita a distribué des fleurs. Dire qu'il faisait si chaud là-dedans, alors que dehors c'était un après-midi frais et rose, avec je ne sais quoi qui annonçait la fin de la saison. Il ne pleuvait pas mais toute la rue sentait la pluie. Antoni et moi nous sommes rentrés à la maison en passant par la petite porte de la cour. J'ai ôté ma robe derrière le paravent et Antoni a dit qu'il me faudrait faire arranger le collier avec un fil incassable. Il s'est changé lui aussi et puis il s'est occupé dans le magasin. Je me suis assise dans le sofa à la housse, devant la console. Dans le miroir de la console je voyais le haut de ma tête, quelques cheveux à peine, et de chaque côté, sous leurs cloches de verre, dormaient les fleurettes, Dieu sait depuis combien d'années. Le coquillage était au milieu de la console et j'avais l'impression d'entendre ce bruit angoissant de la mer dedans... bououm... bououm... et j'ai pensé que peut-être, quand personne ne l'écoutait, il n'y avait pas cette rumeur à l'intérieur ; c'était quelque chose qu'on ne pourrait jamais savoir, s'il y avait des vagues dans le coquillage lorsqu'il n'y avait aucune oreille à l'entrée. J'ai enlevé les perles du porte-monnaie et les ai mises dans une petite boîte, mais j'en ai gardé une et puis je l'ai mise dans le coquillage pour qu'elle tienne compagnie à la mer. Je suis allée demander à Antoni s'il dînerait, il a dit juste un peu de café au lait, ça suffirait. Comme je lui avais parlé du couloir, pour me le dire il est entré dans la salle à manger et il est reparti vers la boutique à travers le rideau de bambou. Je suis retournée au sofa à la housse jusqu'à ce que la nuit tombe et je suis restée dans l'obscurité, jusqu'à ce qu'on allume le lampadaire de la rue et il est entré un rien de clarté amortie, comme un fantôme de clarté qui a taché les carreaux rouges. J'ai pris le coquillage et je l'ai penché, en faisant bien attention, tantôt d'un côté tantôt de l'autre, pour entendre la perle courir dedans. Il était blond, avec des taches blanches et des piquants qui avaient le bout émoussé ; le dedans était en nacre. Je l'aï remis à l'endroit où il avait toujours été et j'ai pensé que ce coquillage était une église et que la perle qu'il y avait dedans était le Père Joan, et le bououm... bououm... un chant d'anges qui n'auraient su chanter que ça. Je suis retournée au sofa et suis restée assise jusqu'à ce qu'Antoni revienne. Il m'a demandé ce que je faisais dans l'obscurité et je lui ai dit que je ne faisais rien. Il m'a demandé si je pensais à Rita et je lui ai dit que oui, mais ce n'était pas à elle que je pensais. Il s'est assis à côté de moi et m'a demandé si on irait se coucher tôt, il avait le corps moulu parce qu'il n'était pas habitué à mettre un gilet et je lui ai dit que j'étais fatiguée aussi, on s'est levés et je suis allée préparer le café au lait. Il a dit une demi-tasse seulement...

XLIX

En rentrant, Toni m'a réveillée. Pourtant quand il rentrait, le soir, il traversait toujours la cour sur la pointe des pieds. J'ai commencé à passer un doigt sur une fleur de crochet et de temps en temps je tirais sur une feuille. Un meuble a fait crac, peut-être la console, peut-être le sofa, peut-être la commode... Dans l'obscurité, je revoyais le bas de la jupe blanche de Rita tournant au-dessus de ses pieds chaussés de souliers de satin à boucle de diamants brillants. Et le temps passait. Les roses de la courtepointe avaient un cœur et, une fois, un de ces cœurs s'est usé et il en est tombé un bouton très petit, une demi-boule... Mme Natàlia. Je me suis levée. Pour ne pas faire de bruit, Toni avait laissé les battants de la porte poussés... je me suis levée pour la fermer. Quand j'ai été devant, je suis retournée vers la chambre, je me suis glissée à tâtons derrière le paravent et, toujours à tâtons, je me suis habillée. Il était très tôt. A tâtons je suis allée à la cuisine, comme d'habitude, en touchant les murs, nu-pieds. Je me suis arrêtée devant la porte de la chambre du petit et j'ai entendu sa respiration forte et régulière. Je suis entrée dans la cuisine pour boire de l'eau, pour le plaisir. J'ai ouvert le tiroir de la tablette en bois blanc avec sa toile cirée à carreaux dessus et j'ai pris le couteau qui servait à éplucher les pommes de terre, parce qu'il avait une pointe fine. Le côté tranchant avait des dents, comme une scie... Mme Natàlia. Celui qui avait inventé ce genre de couteau avait bien fait les choses. Il avait dû beaucoup réfléchir sous la lampe, après le dîner, parce que avant les couteaux étaient différents, il fallait que le rémouleur passe et peut-être que les rémouleurs, à cause de celui qui avait inventé le couteau-scie à force de s'user les yeux, avaient dû changer de métier. Les pauvres rémouleurs faisaient peut-être autre chose, maintenant, peut-être y avaient-ils gagné et qu'ils avaient une moto avec laquelle ils roulaient sur les routes comme le vent, portant leur femme effrayée derrière. Ils allaient et venaient sur les routes. Parce que tout était comme ça : des routes et des rues et des couloirs et des maisons où on se mettait comme ver dans une planche. Des murs et encore des murs. Une fois, en passant, Quimet m'a dit que les vers étaient une catastrophe et je lui ai dit que je n'arrivais pas à comprendre comment ils faisaient pour respirer puisqu'ils étaient tout le temps à ronger et que plus ils s'enfonçaient moins ils avaient d'air et il m'a dit qu'ils étaient habitués à vivre comme ça, toujours le nez contre le bois, et que pour être grands travailleurs, ils l'étaient. Et j'ai pensé que les rémouleurs pouvaient peut-être encore vivre de leur métier parce que tous les couteaux n'étaient pas des couteaux de cuisine, de colonies et d'hospices, l'administration est économe, il devait y avoir encore des couteaux avec des lames bonnes pour la meule. Et c'est pendant que je songeais à ça que sont nées les odeurs, les bonnes et les mauvaises. Toutes. Elles se mélangeaient, se faisaient place, s'enfuyaient et revenaient : l'odeur de la terrasse avec les pigeons et l'odeur de la terrasse sans les pigeons, et la puanteur de la lessive, que j'ai bien connue après mon mariage. Et l'odeur du sang, qui était l'annonce de l'odeur de la mort. Et l'odeur du soufre des pétards et des fusées, ce soir-là, sur la place du Diamant, et l'odeur de papier des fleurs en papier, l'odeur sèche de l'asparagus qui s'effritait et formait sur le sol une couche de ces toutes petites choses, le vert qui était tombé des branches. Et l'odeur si forte de la mer. J'ai passé ma main sur mes yeux. Je me demandais pourquoi de ce qui puait on disait que ça puait et de ce qui sentait bon que ça sentait bon et pourquoi on ne pouvait pas appeler puanteurs les parfums et parfums les puanteurs et alors j'ai senti l'odeur qu'Antoni avait quand il était réveillé, et celle qu'il avait quand il dormait. Et j'ai dit à Quimet que peut-être les vers, au lieu de travailler en partant de l'extérieur vers l'intérieur, partaient de l'intérieur pour aller vers l'extérieur et qu'ils passaient la tête par le trou rond et pensaient aux vilaines choses qu'ils étaient en train de faire. Et l'odeur des enfants quand ils étaient petits, odeur de lait et de salive, de lait encore bon et de lait tourné, rendu. Et Mme Enriqueta m'avait dit qu'on avait plusieurs vies, entremêlées les unes aux autres, et que parfois une mort ou un mariage les séparait, mais pas toujours, et que la vraie vie, libre de toute sorte de fils des petites vies qui l'attachaient, pouvait vivre comme elle aurait dû le faire toujours si les petites vies méchantes l'avaient laissée tranquille. Elle disait, les vies entremêlées se bataillent et nous martyrisent, et nous n'en savons rien, comme nous ne savons rien du travail du cœur et de la grande angoisse des intestins... Et l'odeur des draps de lit pleins de mon corps et du corps d'Antoni, cette odeur de drap fatigué qui pompe l'odeur des gens, l'odeur des cheveux sur le coussin, l'odeur des petites saletés que font les pieds au bas du lit, l'odeur des vêtements de la veille qu'on met sur une chaise pendant la nuit... Et l'odeur des graines, celle des patates, et celle de la bonbonne d'acide chlorhydrique... Le couteau avait un manche en bois traversé par trois petits clous au bout aplati pour qu'ils ne puissent plus jamais se détacher. Je tenais mes souliers à la main et quand j'ai été dans la cour j'ai refermé la porte, mue par une force qui m'entraînait, une force qui ne venait ni de moi ni d'ailleurs, et appuyée à une colonne pour ne pas tomber, j'ai mis mes chaussures... Il m'a semblé que j'entendais la première voiture au loin, encore à moitié perdue dans la nuit qui s'achevait... Quelques feuilles du pêcher, pleines de la lumière du lampadaire, ont bougé et des ailes d'oiseau se sont enfuies. Une petite branche a tremblé. Le ciel était bleu sombre et sur ce bleu si profond se découpaient les terrasses des deux immeubles de l'autre côté de la rue, avec leurs galeries par-devant. J'avais l'impression que tout ce que je faisais je l'avais déjà fait, sans arriver à savoir ni où ni quand, comme si tout était planté et enraciné dans un temps sans mémoire... J'ai passé ma main sur mon visage, c'était bien mon visage, avec ma peau et mon nez et la courbe de ma joue, mais j'avais beau être moi-même, je voyais les choses dans le brouillard ; pas mortes, mais comme si des nuages et des nuages de poussière leur étaient tombés dessus... J'ai pris à gauche, vers la Grand-Rue, avant d'arriver au marché, après la maison des poupées. Et quand je suis arrivée à la Grand-Rue j'ai marché sur le trottoir, d'une brique sur l'autre, jusqu'à ce que je me trouve sur la grande dalle du bord, et là je suis restée immobile comme une souche, avec toute une foule de choses qui se sont mises à monter de mon cœur à ma tête. Un tram est passé, ce devait être le premier qui sortait du dépôt, un tram comme les autres, vieux et délavé et c'était peut-être ce tram qui m'avait vu courir, avec Quimet à mes trousses, quand on était sortis comme des souris folles de la place du Diamant. J'ai eu la gorge serrée, comme quand on a un pois chiche qui s'est fourré dans la luette. J'ai été prise de vertige et j'ai fermé les yeux. Le déplacement d'air, au passage du tram, m'a aidée à repartir de l'avant comme s'il y était allé de ma vie. A mon premier pas, je voyais encore le tram qui roulait à toute vitesse, soulevant des étincelles rouges entre ses roues et les rails. C'était comme si je marchais dans le vide, les yeux ouverts mais sans y voir, pensant à chaque instant que j'allais m'enfoncer, et j'ai traversé en serrant bien fort le couteau et sans voir les lumières bleues... Quand j'ai été de l'autre côté, je me suis retournée et j'ai regardé avec mes yeux et avec mon âme, ça me semblait absolument impossible. J'avais traversé. La Grand-Rue. Et je me suis mise à marcher à travers ma vieille vie jusque devant le mur de ma maison, sous la galerie... La porte était fermée. J'ai regardé en l'air et j'ai vu Quimet qui, au milieu d'un champ, près de la mer, quand j'étais enceinte d'Antoni, me donnait une petite fleur bleue et ensuite se moquait de moi. J'ai voulu monter à mon appartement, à ma terrasse et toucher les balances en passant... Il y avait bien des années que j'avais franchi ce seuil au bras de Quimet, et puis je l'avais franchi en sens inverse avec les enfants pour épouser Antoni. La rue était laide, la maison était laide et les pavés n'étaient bons que pour les charrettes et les chevaux. Le lampadaire était loin et la porte obscure. J'ai cherché le trou que Quimet avait fait dans la porte, au-dessus de la serrure, et je l'ai trouvé tout de suite : bouché avec du liège juste au-dessus de la serrure. J'ai commencé à enlever le liège à petits morceaux avec la pointe du couteau. Le liège s'effritait. Je l'ai tout enlevé mais alors je me suis aperçue que je ne pourrais pas entrer. Avec le doigt je ne pouvais pas saisir la corde et tirer dessus pour ouvrir la porte. J'aurais dû emporter un fil de fer pour faire un crochet. J'allais donner des coups de poing sur la porte mais j'ai pensé que ça ferait trop de bruit, alors j'ai tapé sur le mur et ça m'a fait très mal. J'ai tourné le dos contre la porte et je me suis reposée, le matin durait en dedans de moi. Je me suis retournée vers la porte et avec la pointe du couteau et en lettres d'imprimerie j'y ai écrit Colometa, gravé bien profondément. Ensuite, machinalement, je me suis remise à marcher, ce n'était pas mes pas qui me conduisaient, mais les murs, et je suis arrivée à la place du Diamant : une boîte vide faite de vieilles maisons avec le ciel pour couvercle. Au milieu du couvercle j'ai vu de petites ombres voler et les maisons ont commencé à se balancer comme si elles avaient toutes été dans l'eau et que quelqu'un l'ait agitée peu à peu, les murs des maisons se sont étirés vers le haut et se sont penchés les uns vers les autres. Le trou du couvercle se rétrécissait et faisait comme un entonnoir. J'ai senti dans ma main le contact d'une autre main : celle de Mateu. Sur son épaule s'est posé un pigeon à cravate de satin, je n'en avais jamais vu mais il avait des plumes moirées et j'ai entendu un vent de tempête tourbillonner dans l'entonnoir, qui était presque fermé, et prenant ma tête entre mes bras pour me protéger de je ne sais quoi, j'ai poussé un cri infernal. Un cri que je devais porter en moi depuis des années et avec ce cri, un cri si large qu'il avait dû avoir du mal à passer dans ma gorge, est sortie de ma bouche une espèce de chose de rien du tout, comme un scarabée de salive... et cette espèce de chose de rien du tout qui avait vécu si longtemps en moi, c'était ma jeunesse qui fuyait en poussant un cri que je ne savais pas interpréter... Abandon ? Quelqu'un a touché mon bras et je me suis retournée sans peur, c'était un vieil homme qui me demandait si j'étais malade et j'ai entendu qu'on ouvrait une fenêtre. Vous ne vous sentez pas bien ? Une vieille femme s'approchait, le vieux et la vieille sont restés plantés devant moi et à la fenêtre il y avait une ombre blanche. Ça m'a passé, j'ai dit. D'autres personnes venaient : elles venaient lentement, comme la clarté du jour, j'ai dit que ça y était, que c'était fini, les nerfs, rien, pas de danger... Je suis repartie par où j'étais venue. Le vieux et la vieille, je me suis retournée pour les regarder, ils étaient restés plantés là, ils me suivaient du regard et dans cette lumière qui naissait ils n'avaient pas l'air vrais... Merci. Merci. Merci. Antoni avait passé sa vie à dire merci et moi je ne l'avais jamais remercié pour rien. Merci... Sur la dalle, au coin du trottoir de la Grand-Rue, j'ai vérifié à gauche et à droite qu'il ne venait pas de tram et j'ai traversé en courant. Quand j'ai été du bon côté je me suis encore retournée pour voir si cette espèce de chose de rien du tout qui m'avait rendue folle me poursuivait. J'étais toute seule. Les maisons et les choses avaient maintenant leurs vraies couleurs. Dans les rues qui menaient à la place allaient et venaient des voitures et des camions, et les hommes de l'abattoir, la blouse tachée de sang et un demi-veau sur l'épaule, pénétraient dans le marché. Les fleuristes mettaient des fleurs dans des cornets en fer remplis d'eau pour faire leurs bouquets. Les chrysanthèmes dégageaient une odeur amère. La ruche bouillonnait. Je suis entrée dans ma rue, celle du chariot du petit matin. En passant, je regardais les larges vestibules où un marchand vendait des pêches, des poires et des prunes minuscules, depuis bien longtemps, avec des balances anciennes, des poids dorés et des poids en fer. Avec des balances qu'il tenait en passant un doigt dans le crochet du haut. Et par terre il y avait de la paille, des petits copeaux et des papiers fins froissés et tachés. Non, merci. Et les cris aigus des derniers oiseaux, dans le ciel : ceux qui fuient en tremblant dans l'azur qui tremble. Je me suis arrêtée devant la petite grille. Les galeries étaient là-haut, les unes au-dessus des autres, comme les niches d'un étrange cimetière, avec des persiennes qu'on manœuvrait avec une corde, toutes vertes, des persiennes enroulées jusqu'en haut ou déroulées jusqu'en bas. Il y avait du linge à sécher sur les fils de fer et, par endroits, une tache colorée : c'était un géranium dans un pot. Je suis entrée dans la cour comme un rayon de soleil misérable tellement il était pâle tachait les feuilles du pêcher. Le nez collé aux vitres de la fenêtre, Antoni m'attendait. Et moi, exprès, je marchais lentement, un pied d'abord, puis l'autre, et je rentrais... mes pieds me portaient et c'étaient des pieds qui avaient beaucoup marché et quand je serais morte peut-être que Rita les attacherait avec une épingle de sûreté, pour qu'ils restent bien joints. Antoni a ouvert la fenêtre et, d'une voix qui tremblait, m'a demandé qu'est-ce qu'il t'arrive ? et il a dit qu'il y avait un bon moment qu'il était anxieux, il s'était réveillé en sursaut comme si on lui avait annoncé un malheur et il ne m'avait pas trouvée à côté de lui ni nulle part. Je lui ai dit tu vas prendre froid aux pieds... et que je m'étais réveillée quand il faisait encore nuit et que je n'avais pas pu me rendormir, je sentais que quelque chose m'étouffait, j'étais sortie respirer l'air frais... Il n'a rien dit et s'est recouché. On peut encore dormir un peu, je lui ai dit, et je le voyais de dos, avec ses cheveux un peu longs sur la nuque, ses oreilles tristes et blanches, il avait toujours les oreilles blanches quand il faisait froid... J'ai posé le couteau sur la console et je me suis mise à me déshabiller. Avant j'ai fermé les volets et par la fente la clarté du soleil entrait, je me suis assise sur le lit et je me suis déchaussée. Le sommier a grincé un peu, il était vieux et il y avait longtemps qu'on aurait dû faire changer deux ressorts. J'ai enlevé mes bas comme une peau très longue, j'ai mis les chaussons et je me suis aperçue alors que j'étais glacée. J'ai mis ma chemise, décolorée à force de lessives, un par un j'ai boutonné tous les petits boutons, jusqu'au cou, soigneusement, et aussi les boutons des manches. Faisant en sorte que la chemise recouvre mes pieds, je me suis mise au lit et je me suis bien couverte. J'ai dit il fait beau. Le lit était chaud comme le ventre d'un moineau, mais

Antoni tremblait. Je l'entendais claquer des dents, les dents supérieures contre les dents inférieures, ou alors c'était l'inverse. Il me tournait le dos et j'ai passé mon bras sous le sien et je l'ai tenu par la poitrine. Il avait encore froid. J'ai enveloppé ses jambes dans les miennes et j'ai mis mes pieds contre les siens, ma main est descendue et j'ai desserré sa ceinture, pour qu'il puisse bien respirer. J'ai collé ma joue à son dos, contre ses vertèbres, on aurait dit que j'entendais vivre tout ce qu'il avait dans le corps, cela aussi faisait partie de lui : le cœur, d'abord, et les poumons, et le foie, qui baignaient dans le suc et le sang. Je me suis mise à lui passer la main sur le ventre doucement, c'était mon pauvre estropié, et la tête contre son dos, j'ai pensé que je ne voulais pas qu'il meure et je voulais lui dire tout ce que je pensais, je pensais beaucoup plus de choses que je n'en dis, des choses qu'on ne doit pas dire. Je n'ai rien dit. Mes pieds se réchauffaient peu à peu, on s'est endormis dans cette position, mais avant de m'endormir, quand je lui passais la main sur le ventre, j'ai trouvé son nombril et j'ai mis le doigt dedans, pour le boucher, pour qu'il ne se vide pas tout entier par là... A notre naissance, on est tous comme des poires... pour qu'il ne se défasse pas tout entier comme un tricot. Pour qu'aucune méchante sorcière ne me le suce par le nombril, me laissant sans mon Antoni... On s'est endormis ainsi, peu à peu, comme deux anges du bon Dieu, lui jusqu'à huit heures et moi jusqu'à midi bien sonné... Quand je me suis réveillée de mon sommeil de plomb, la bouche amère et sèche, sortie de la nuit de toutes les nuits, dans la lumière de midi, je me suis levée et je me suis mise à m'habiller comme toujours, machinalement, l'âme encore rangée dans son étui de sommeil. Je me suis mise debout, j'ai serré mon front dans mes mains et je savais que j'avais fait quelque chose de différent mais il m'était difficile de penser à ce que j'avais fait, et si ce que j'avais fait, ce dont je n'étais pas sûre, je l'avais fait dans un demi-sommeil ou parfaitement endormie, jusqu'au moment où je me suis lavée la figure et l'eau m'a réveillée... ça m'a mis du rouge aux joues et de la lumière dans les yeux... Il était trop tard pour déjeuner. J'ai bu un peu d'eau pour éteindre le feu qu'il y avait dans ma bouche... L'eau était froide et je me suis souvenue que la veille, à l'heure du mariage, il avait beaucoup plu, et j'ai pensé que l'après-midi, quand j'irais au jardin public, comme d'habitude, je trouverais encore des flaques dans les allées... et que dans chaque flaque, si petite soit-elle, il y aurait le ciel... le ciel que parfois un petit oiseau troublait... un oiseau qui avait soif et sans le savoir troublait le ciel de l'eau avec son bec... ou des oiseaux criards qui tombaient comme des flèches du branchage, prenaient possession de la flaque, s'y baignaient les plumes ébouriffées et mélangeaient de leurs becs et de leurs ailes le ciel et la boue. Contents...

Genève, février-septembre 1960

DU MÊME AUTEUR

Aux Éditions Gallimard

LA PLACE DU DIAMANT

Aux Éditions Actes Sud

LA MORT ET LE PRINTEMPS

COMME LA SOIE

Ouvrage reproduit
par procédé photomécanique.
Impression Bussière Camedan Imprimeries
à Saint-Amand (Cher), le 7 juin 1996.
Dépôt légal : juin 1996.
Numéro d'imprimeur : 1/849.
ISBN 2-07-074420-5./Imprimé en France.

74950